ЕВГЕНИЙ МАЛЕВСКИЙ

По мотивам произведений
Л. С. Овалова

Москва
«Астрель-СПб»
Санкт-Петербург
2005

УДК 821.161.1
ББК 84(2Рос=Рус)6
М18

Серия «Приключения майора Пронина»

Оформление обложки: *Е.М. Жилинский*

Малевский, Е.
М18   Твист для майора Пронина : по мотивам произведений Л.С. Овалова / Евгений Малевский. — М.: АСТ; СПб.: Астрель-СПб, 2005. — 266, [6] с. — (Приключения майора Пронина).

ISBN 5-17-029797-1.

Москва 1960 года потрясена трагической гибелью надежды советской науки профессора Ковригиной. Загадочные события, связанные с деятельностью секретного НИИ, в котором работала погибшая, заставляют Пронина начать расследование. Под зажигательные звуки твиста на сверкающих яркими огнями улицах вечерней Москвы майор Пронин вступает в ожесточенную схватку с хитрым и коварным противником. И в очередной раз легендарный майор выигрывает бой, чудесным образом избежав гибели от руки предателя Родины.

Новый ностальгический шпионский роман Евгения Малевского порадует любителей детективного жанра и ценителей хорошо скроенного сюжета, до последней страницы удерживающего читателя в ожидании непредсказуемой развязки.

УДК 821.161.1
ББК 84(2Рос=Рус)6

Подписано в печать с готовых диапозитивов 03.02.05.
Формат 84×108^1/$_{32}$. Бумага газетная. Печать высокая с ФПФ.
Усл. печ. л. 14,28. Тираж 5000 экз. Заказ 472.
Общероссийский классификатор продукции
ОК-005-93, том 1; 953000 — книги, брошюры
Санитарно-эпидемиологическое заключение
№ 77.02.11.953.Д.000577.02.04 от 03.02.2004 г.

ISBN 985-13-3182-1 (ООО «Харвест»)

© Е. Малевский, 2005
© ООО «Астрель-СПб», 2005

ЧАСТЬ ПЕРВАЯ

Глава 1

ФЛЯГА ОБЕР-ШАРФЮРЕРА ГАШКЕ

Звонок от Пронина, как всегда, был неожиданным.

— Приезжай, Лев Сергеевич, посидим по-стариковски, выпьем коньяку, поговорим...

Голос старого чекиста, приглушённый расстоянием и помехами на телефонной линии, показался Льву Овалову — известному писателю-орденоносцу и лауреату — каким-то усталым и слегка грустным. «Впрочем,— подумал он,— мы ведь уже далеко не юноши, и с чего бы это нашим голосам звенеть, как соловьиные трели...» После гибели Виктора Железнова Пронин стал откровеннее с Оваловым. Старому чекисту был необходим такой человек — его миссию можно было бы охарактеризовать модным в те годы словом «спутник». С ним Пронин делился воспоминаниями, когда риску было больше, но и победы казались слаще.

— Приезжай, Лев,— повторил Иван Николаевич своё предложение,— я живу как у Христа за пазухой — на даче. Природа! А поговорить не с кем...

Окна рубленого дома, спрятавшегося в глубине липовой аллеи, светились покоем и уютом. Овалов отпустил водителя и полторы сотни метров, оставшихся до дома, решил пройти пешком. Все вокруг было просто напоено тишиной, настолько осязаемой и незыблемой, что даже шуршание подошв о гравий дорожки звучало, словно барабанная дробь.

Вдыхая густой вечерний воздух, пропитанный ароматами раннего лета, Лев Сергеевич шел и думал о Пронине — человеке, с которым его связывала давняя дружба.

Сейчас уже и не сосчитать, сколько раз на творческих вечерах читатели задавали ему один и тот же вопрос: «А реальный ли человек майор Пронин?» И всегда он вынужден был лукавить с ответом, говоря о том, что герой его произведений — собирательный образ советского чекиста-контрразведчика, бойца с чистыми руками, горячим сердцем и холодной головой. Много раз Овалова подмывало сказать читателям правду, но всякий раз он вспоминал стальные глаза своего друга, строгие черты его лица и представлял, как тот с легкой укоризной в голосе скажет ему: «Ну зачем ты это сделал, Лев? Ведь я не звезда эстрады и не киноактер — я сотрудник контрразведки, чекист, и слава таким как я противопоказана. Зря ты это, зря...»

И Лев Сергеевич обманывал аудиторию, всякий раз успокаивая себя тем, что эта ложь во благо, рассказывал о том, как сочинял «собирательный образ»... Фантазировал, надеясь, что, может быть, когда-нибудь настанет время и простые люди узнают правду и, возможно, даже увидят лицо легендарного чекиста.

Писатель поднялся по аккуратным ступенькам, подсвеченным мягким светом кованого фонаря, висящего над дверным проемом, и оказался на открытой веранде, решетчатые стены которой были увиты змейками плюща.

В дальнем углу за накрытым столом в глубоком плетеном кресле сидел Пронин и, надвинув на переносицу тяжелые очки в роговой оправе, читал какую-то книгу. Заметив старого друга, он отложил чтение, снял очки, подобно взведенной пружине поднялся из кресла и, широко улыбаясь, пошел ему навстречу. Пронин был одет в отличный шелковый халат, полы которого были разрисованы разноцветными драконами («Подарок китайских товарищей»,— объяснил позже чекист, дав понять при этом, что о подробностях лучше не расспрашивать), под ним была белоснежная гейша, из-под которой выглядывал изящный узел шейного платка.

Менее всего Иван Николаевич походил сейчас на бойца невидимого фронта. Скорее, уж на какого-нибудь писателя, музыканта или режиссера, в общем — служителя муз, отдыхающего под сенью увитой плющом беседки, вдали от мирской суеты, обдумывающего очередной гениальный замысел.

Друзья крепко обнялись и после коротких, но теплых приветствий и должного после продолжительной разлуки обмена дежурными вопросами-ответами уселись за стол.

Угощение было простым, но обильным.

— Я, понимаешь, Агашу на отгулы отпустил,— объяснил Пронин.— К ней какая-то родственница из деревни приехала, так моя старушка ей Москву решила показать. Я их дома и оставил. Поэтому не обессудь — сегодня у меня все по-простому, как говорится,— «летный» стол...

— Почему «летный»? — не понял Лев Сергеевич.

— Эх, Лева, а еще писателем называешься,— Иван Николаевич усмехнулся.— Вот смотри на стол, что видишь? Твердую колбасу, шоколад, шпроты, коньяк, лимоны... Ну, понял теперь?

— НЗ? Сухой паек? — догадался писатель.

— В правильном направлении рассуждаете, товарищ творческий работник! Ладно, Лев Сергеич, хватит лирики, перейдем к практике.

— И то верно, товарищ боец невидимого фронта,— поддержал друга Овалов.

Пронин взял бутылку со звездистой этикеткой, резким движением свернул золотую головку пробки и разлил коньяк в изящные мельхиоровые рюмочки, украшенные тонким эмалевым узором.

— За встречу! — Пронин поднял рюмку, друзья чокнулись, и чекист, блаженно зажмурив глаза, отправил коньяк внутрь. Овалов отпил небольшой глоточек, поставил рюмку на стол и, подцепив вилкой аппетитный кружочек микояновской колбасы, стал закусывать.

Пронин, сооружая на куске свежайшего белого хлеба бутерброд из масла и шпрот, хитро взглянул на него и спросил:

— Давно из Польши, товарищ Овалов?

Конечно, Пронину по службе положено знать многое, но не все же, в конце концов. О поездке Овалова в Польшу он знать не мог, хотя после его вопроса тот стал в этом сомневаться.

— Откуда знаешь, Иван Николаевич? — спросил удивленный писатель.

— Не знаю, не знаю, а лишь строю предположения,— Пронин позабыл про свой бутерброд, откинулся в кресле и продолжил: — Видишь ли, Лев, я с нашей первой встречи замечаю, что ты очень быстро перенимаешь привычки людей, с которыми долго общаешься. У тебя это на подсознательном уровне происходит. И особенно это заметно по тому, как ты выпиваешь. Например, однажды ты из Грузии приехал и рюмку словно кубок держал, а, прежде чем выпить, руками такие крендели выписывал — ну просто диво. В общем, много таких примеров я помню. А вот сейчас ты пьешь, что называется, «по-польски», маленькими глотками... Так-то, брат Лев Сергеевич...

— Ну, Иван, ты прямо Шерлок Холмс! Все верно, из Варшавы я прибыл позавчера — читал лекции в университете, а на это,— Лев Сергеевич кивнул на рюмку,— как-то раньше внимания не обращал. Хотя, знаешь, вот сейчас вспоминаю, когда из лагеря вернулся, так, наверное, целый месяц папиросу в ладони прятал, чтобы огонек не задуло, а когда выпивал, так воздух из себя по сибирской спиртовой привычке с такой силой выдыхал, что не одно застолье было мной в шок повергнуто. Особенно в ресторации Союза — сам знаешь, какая там у нас публика чопорная собирается...

Услышав про лагерь, Пронин нахмурился, молча разлил коньяк, взял рюмку и негромко сказал:

— Да, Лев, и тебя не обошло стороной... Жестокие времена, смертельная борьба... «Не созданы мы для легких путей...» Иногда из-за этого мне бывает чертовски грустно. Хотя, конечно, борьбы без жертв быть не может... Это не ритуальные слова, за ними боль и смерть.

Писатель и чекист молча подняли рюмки и выпили.

Солнечный напиток быстро развеял неловкое молчание, повисшее было между ними, и беседа вернулась в прежнее непринужденное русло.

— Что читаешь, Иван Николаевич? — спросил Лев Сергеевич Пронина, кивнув на книгу в потертом кожаном переплете, лежащую на тумбочке возле кресла.— Опять классиков марксизма — готовишься к очередной лекции?

— Да классиков, классиков, только подревнее Маркса,— Пронин протянул писателю тяжелый фолиант. На обложке тот прочитал название, выдавленное на коже глубоким золотым тиснением: «Флавин. Стратегмы».

— Это что, байки из древнеримской истории? Что тебе, человеку современному, в них? — спросил он.— Я всегда думал, что такую литературу читают замшелые профессора и мучают потом ею бедных студиозусов на бесконечных лекциях...

— Знаешь, Лев, вот ты говоришь байки, ПОБА-СЕНКИ,— последнее слово Пронин выговорил, играя басами, как актер Черкасов в кинофильме «Весна»,— а ведь байка байке рознь. И пусть тебе не покажется странным, но вот этот самый древний Флавин — это далеко не последний друг и наставник советского чекиста. Эта книга — не что иное, как сборник небольших примеров о применении военной хитрости, о дезинформации противника, пример нестандартного подхода к подготовке и ведению боевых действий, книга о том, что превратило войну в настоящее искусство. Суть кровавой бойни от этого, конечно, не изменилась. Но... В общем, я нахожу этот труд для себя очень интересным. Кстати, Флавином не брезговал Сидней Рейли, его читал Лоуренс, а у Алена Даллеса, я слышал,— так это вообще настольная книга.

— Но ведь война-то сейчас совсем не та, что раньше... — не переставал писатель-орденоносец отстаивать свою точку зрения. Он прекрасно знал, что Пронин не успокоится, пока не развенчает все его аргументы, а спорить с ним для него всегда было истинным удовольствием.

— Тут ты прав, Лев Сергеевич,— на мечах сейчас никто не дерется, и слона ты можешь увидеть только в зоопарке, а не на поле боя. Но, тем не менее, существует в мире такая мудрость, ценность которой со временем не теряется. Не буду вторгаться в тонкости, скажу только, что атомные бомбы и сверхзвуковые самолеты — это только средства, которыми управляют люди, пусть более образованные, пусть с другим мировоззрением. Человеческая начинка, скажем,— набор психологических реакций,— все это нам досталось в наследство от предков в неизменном виде. И военные хитрости, примененные когда-то римлянами, греками, парфянами, они не особенно-то и устарели сегодня... А вот это: «Карфаген должен быть разрушен!» — разве не лозунг нынешней холодной войны?

— Ну все, Иван Николаевич,— замахал руками «оппонент».— Своими аргументами ты меня разбил нáголову, как Спицион Гасдрубала. Может, в наше время вернемся? Я тут в Польше по западному радио интересный анекдотец слышал, на тему о военной хитрости, кстати. Хочешь, расскажу?

— Давай, я вражьи байки люблю слушать, есть грех.— Пронин снова наполнил рюмки, и старые друзья с удовольствием выпили.

— Так вот, передача, которую я слушал по «Би-би-си», называлась то ли «Тайны красных тиранов», то ли «Загадки коммунистической империи» — не суть важно,— начал Овалов.— Вел передачу такой лихой журналистик — назову его Гарри,— который прозрачно намекнул, что имеет какое-то отношение к разведке. Темой его рассказа был наш атомный проект. Сначала этот Гарри, вполне «аргументированно», в огромных кавычках, разумеется, доказал, что у СССР в 1949 году не было ни научного потенциала, ни экономических ресурсов, чтобы сделать «эйч-бомбу» — так они там атомную бомбу называют.

Услышав последнюю фразу, Пронин усмехнулся уголками губ, в его глазах мелькнула озорная искорка:

— Так... И что, и что там дальше, Лев Сергеевич? Уже интересно...

— И вот после этих «конкретных» выводов Гарри заявляет, что доподлинно известно: бомбы у Советов в 1949 году не было. А испытание, про которое узнал весь мир, было просто-напросто огромным обманом, военной хитростью, если хочешь. Мол, Берия по приказу Сталина со всей страны свез в казахские степи сотни тысяч тонн обычных боеприпасов, которые там и были взорваны.

Пронин громко рассмеялся и, хлопнув себя по коленкам, одобрительно сказал:

— Вот так Гарри, вот так сукин сын! Надо же такое выдумать!

Овалов продолжил рассказ:

— Затем, Иван Николаевич, этот Гарри заявляет, что позже атомные секреты были украдены большевистскими агентами, и Советы кое-как умудрились все-таки собрать бомбу. Правда, она получилась такой большой и тяжелой, что самолету ее было не поднять, поэтому никакой военной ценности эта бомба не имеет. Вывод напрашивается сам собой, и заметь, Иван Николаевич, каким знакомым душком веет от него. Гарри сказал, цитирую почти дословно: «Советы — колосс на глиняных ногах. Коммунисты рухнут, стоит их только сильнее толкнуть, и в качестве этого толкача должен, разумеется, выступить весь „свободный" мир...»

— Да, чего только ни придумает враг, чтобы снова ввергнуть планету в хаос войны,— неожиданно грозно сказал Пронин.— Вот такие грязные гарри — злобствующие пасквилянты, которые похожи на шавок, облаивающих слона,— они, надо сказать, кусаются довольно болезненно. Зубы-то у них ядовитые. А про глиняные-то ноги я уже лет тридцать слышу, хоть бы что новое придумали!

— Не в этом случае, Иван Николаевич, не в этом случае, дорогой мой генерал-майор,— сказал ему Лев Сергеевич.— Дослушай до конца мой анекдот — самое интересное еще впереди...

— Да, да, извини, Лев...

— Так вот, закончилась передача про наш «лапотный» атомный проект, и начался выпуск новостей. И первая новость, веришь или нет, Иван,— из «отсталой» Страны Советов. Я почувствовал, что диктор эту новость читает так, будто он ведро клюквы перед этим съел, аж слышно было, как коробит его...

— Что за новость-то, Лев Сергеевич? Не тяни, уже заинтриговал ты меня — дальше некуда!

— По сообщениям ТАСС,— произнес торжественно Овалов,— сегодня в СССР был произведен запуск космической ракеты с очередным искусственным спутником Земли на борту... Ну, и так далее,— сам понимаешь... Представляешь,— только они тут изгалялись, что мы отсталые и сиволапые, а мы бац — и снова в космосе! На собственные грабли, получается, наступили господа хорошие...

Пронин снова раскатисто рассмеялся и сказал:

— Прекрасная история, Лев Сергеевич, просто замечательная! Надо тебе по ее мотивам фельетон написать в «Крокодил». Атомный проект, конечно, заменить придется — редактор не пропустит, а в остальном — просто шедевр, тем более с твоим-то слогом... Пиши обязательно, очень поучительная история и очень веселая! Вот пообещай мне сейчас, что напишешь!

— Как скажешь, Иван. Если считаешь, что надо написать,— напишу обязательно. Я, кстати, и сам уже об этом подумывал...

— Нечего здесь думать! Пиши, и весь сказ!

Пронин разлил остатки коньяка в рюмки и убрал пустую бутылку под стол.

— Всему в этом мире приходит конец,— грустно сказал он, глядя на пустое дно рюмки,— была ведь у меня мысль еще одну взять... Ведь как хорошо сидим-то, Лев. Давно так душевно я не сиживал, честное слово... Ну, ничего, сейчас адъютанту телефонирую, привезет еще...

И Пронин стал подниматься из кресла, чтобы пойти к телефонному аппарату.

— Иван, зачем беспокоить парня — пусть отдыхает,— остановил его Лев Сергеевич.— Ты что же думаешь, я в гости без подарка приезжаю? Когда это было, чтобы Овалов к Пронину «пустым» приезжал? Обижаешь, начальник!

Он расстегнул застежки портфеля и выудил из его кожаных глубин бутылочку прекрасного армянского коньяка, купленного им по дороге на дачу в коммерческом ресторане «Астория».

— Хитришь, Лев, хитришь,— Пронин погрозил другу пальцем,— заставляешь волноваться старика, суетиться...

— Эх, Иван, все бы старики у нас в стране были такие как ты... Смотрю на тебя, и, знаешь, кажется, что возраст в тебе проявляется только каким-то налетом мудрости, что ли, да еще проседью генеральской в волосах... Грех тебе жаловаться, Иван Николаевич,— лукавый ты человек.

— Эх, писатель ты, расписатель. Ну что тебе тут скажешь! Как девку красную меня обаял, мастер слова! — Пронин мягко улыбнулся и задумчиво замолчал.

— Все верно ты говоришь, Лев Сергеевич,— через некоторое время заговорил он.— Не могу я стареть, работа не позволяет. Таким как я пенсия противопоказана. Тем более что время сейчас такое, когда особенно хочется защитить все то, что было выстрадано такими усилиями, такими огромными жертвами, сохранить и приумножить, оградить наших людей от врага, который становится все коварнее и изощреннее.

Писатель не слышал ни капли пафоса в голосе старого чекиста, его слова дышали такой простой искренностью, что Овалов невольно подумал, как все-таки мало он знает своего старого друга — за четверть века знакомства Пронин каждую встречу не перестает удивлять своей исключительной многогранностью.

— А помнишь Витю? — вдруг спросил Иван Николаевич.

Овалов коротко кивнул. Конечно, Железнова он забыть не мог, ведь именно на его глазах этот молодой и иногда излишне самоуверенный «птенец» мужал и превращался в закаленного, мужественного и хладнокровного бойца невидимого фронта. Писатель помнил, как тяжело Пронин переживал гибель Виктора — тот был одним из самых близких ему людей, его гордостью и надеждой.

— Думаю, сейчас бы он уже в полковниках ходил,— с теплой грустью сказал Иван Николаевич.— Знаешь, порою гляжу на нашу молодежь и волей-неволей каждого с ним сравниваю. И, надо сказать, есть среди них достойные пареньки, на которых не страшно будет потом свое дело оставить... Давай, Лев, выпьем за павших — за тех, кого навсегда унесла от нас река времени... Светлая им память.

Пронин с Оваловым поднялись из-за стола и не чокаясь залпом осушили рюмки.

Потом настало время долгих воспоминаний. В который раз перед мысленным взглядом писателя вставали картины послереволюционной разрухи и подъема страны, оживали образы ушедшей войны и послевоенного строительства. Пронин всегда был отличным рассказчиком, и Лев Сергеевич обожал слушать его, каждый раз откладывая что-нибудь в свою писательскую «копилку».

Время летело незаметно, и вот уже вторая бутылка показала дно. Как ни странно, ни усталости, ни опьянения друзья не чувствовали — Овалову даже показалось, что со времени его приезда к другу прошло не более часа. Из комнаты послышался бой часов — три часа ночи.

— Ты как, Лев Сергеич, спать еще не хочешь?

— Представляешь, такое ощущение, как будто вот только сейчас с тобой за стол сели. Ни в одном глазу, как говорится.

— Неужели армянские товарищи стали такой слабый напиток делать? — пошутил Пронин.— Надо дать указание произвести проверку!

Друзья громко рассмеялись.

— Кстати, адъютанта нам пока будить не придется,— торжественно заявил Пронин.— Не счесть алмазов в каменных пещерах, как говорил классик. Я вспомнил, что у меня имеется НЗ.

Пронин поднялся из кресла и, заговорщицки подмигнув другу, скрылся в глубине дома. Он вернулся через пять минут, держа в руке запечатанную в чехол коричневой кожи плоскую фляжку довольно внушительных объемов.

— Вот, посмотри, Лев,— интереснейший раритет с необычайной историей.— Пронин протянул фляжку писателю.— Посмотри, посмотри, уверен, что ты в связи с этой флягой о многом меня захочешь спросить... Только ты их задавай по мере возникновения, не торопись, а то я вашего брата знаю — как нападете, даже такого матерого волка как я в угол загоните...

Фляга была явно заграничного происхождения — все в ней, от серебряных заклепок, стягивавших ремешки, удерживающие чехол на корпусе, до швов, проторенных с какой-то не нашей изящностью, говорило об этом. На лицевой стороне чехла Лев Сергеевич заметил маленькую, аккуратно посаженную заплатку, явно более позднего происхождения, чем сам чехол. Писатель расстегнул кнопки, достал фляжку из чехла. Она была сделана из серебра, на корпусе были видны следы пайки, выполненной с грубоватым шиком, наверное, для того чтобы показать, что это вещь штучной, ручной работы. На лицевой стенке Овалов заметил следы недавнего ремонта, как раз на том месте, где был залатан чехол. Перевернув флягу, он увидел небольшую золоченую табличку, напаянную сверху, на ней — надпись на немецком языке, выгравированную угловатым готическим шрифтом.

Надпись гласила: «Обер-шарфюреру Гашке за личную храбрость, проявленную на службе рейху. Обер-группенфюрер Вильгельм фон Польман. Рига. 15 ноября 1942 года».

С двух сторон надпись окружали зловещие блиц-руны — сдвоенные молнии — эмблема СС.

Овалов с удивлением поднял глаза на Пронина, который с нескрываемым удовольствием наблюдал за тем, как тот разглядывает таинственный раритет. Не успел он и рта раскрыть, как чекист опередил его:

— Сейчас, Лев Сергеевич, все расскажу. Но для начала давай выпьем — разливай.

Овалов отвинтил серебряную пробку, приделанную к корпусу с помощью хитроумного пружинного маховичка, разлил коньяк по рюмкам.

После того как друзья выпили, Пронин начал свой рассказ:

— Рассказывать историю Гашке тебе, Лев Сергеевич, думаю, не надо. Я превратился в него в июле 1941 года, когда по заданию командования перешел фронт, с тем чтобы внедриться во вражеские структуры. Как мне это удалось, ты отлично помнишь. Так вот, я работал переводчиком в рижском гестапо уже более года, когда произошел тот самый случай, за который я получил Железный крест и эту фляжку из рук самого начальника рижского гестапо — господина Вильгельма фон Польмана.

Однажды один из моих проверенных источников сообщил мне, что в ближайшее время из Берлина в Ригу прибывает важная «шишка» — ведущий инженер заводов «Рейнметалл». Под Ригой тогда находился полигон для промежуточного испытания новых видов оружия перед отправкой на фронт. Этот инженер должен был контролировать испытания новейшего сверхтяжелого танка, который совсем недавно доставили на этот полигон. Берлинский «гений» должен был привезти с собой полный пакет технической документации на эту машину, любые сведения о которой, как ты понимаешь, Лев, представляли для нас тогда огромную ценность. Я постоянно держал по дороге на полигон боевую группу под командованием Железнова, с тем чтобы они по моему сигналу перехватили инженера вместе с документацией. Охрану этого «светила», разумеется, поручили гестапо.

И вот инженер прибывает в Ригу, отдыхает в отеле и собирается на следующий день ехать на полигон. А в гестапо тогда ситуация была не из лучших — основная часть оперативных работников и охраны была задействована в какой-то карательной акции, и так получилось, что для сопровождения этой важной «птицы» выделили канцелярских работников, в число которых, по чистой случайности, попал и я. Своих я, конечно, предупредил заранее, когда надо ждать провоза документов, но вот того, что сам окажусь «дичью», предположить не мог до самого последнего момента, пока «шеф» не отдал нам команду «по машинам!»

Сопровождать инженера взялся сам фон Польман. Обер-группенфюрер забрал у берлинца портфель с чертежами, опечатал его своей личной печатью и пристегнул наручниками к запястью. Выехали мы на двух броневиках, и так получилось, что я оказался в одной машине с фон Польманом и этим инженером.

Мои парни во главе с Железновым выбрали для засады отличное место: дорога там спускалась в низину, с одной стороны к дороге вплотную подступал глухой лес, а с другой — было большое топкое болото. Этот участок находился и от Риги, и от полигона примерно на равном расстоянии, так что помощь к немцам, в случае чего, могла прийти не раньше чем через полчаса-час.

И вот подъезжаем мы к этой лощинке. Я, если честно, зная своих ребят-диверсантов, и не надеялся в этом переплете выжить, но все получилось как нельзя лучше. А все из-за того, что охрана из лопушков канцелярских состояла, они даже понять ничего не успели — бах, и уже у Господа Бога в гостях.

Первый броневик на мине подорвался — там сразу всех накрыло, а под тот, где сидел я, парни кинули гранату. Шибануло нас, конечно, крепко: кто не погиб — отключились, а я был в дальнем углу, за бронированной перегородкой, и меня только тряхнуло сильно — сознания я не потерял. Выглядываю со своего места — внутри броневика все вповалку. Кто-то стонет, немецкий инженер — мертвый, глазами остекленелыми в небо смотрит. Польман без сознания — я подумал, наверное, контуженый. А тут заскакивает внутрь Витя — глаза навыкате, маскхалат весь в грязи, «шмайссером» грозно по сторонам поводит... Надо сказать, устрашающее зрелище. Меня заметил, удивился, конечно. Я ему глазами показываю — иди наружу, там поговорим. У меня в голове как раз в это мгновение созрел каверзный план. Это, Лев, как раз из разряда военных хитростей. Флавина мы тогда, конечно, не читывали, да ведь и сами поди не лыком были шиты.

Пронин замолчал, взял в руки фляжку, взвесил на своей широкой ладони, погладил пальцами кожаный бок чехла и поставил ее обратно на стол.

— Я из люка наружу выпрыгнул и объясняю Железнову: так, мол, и так — нет мне смысла сейчас исчезать из гестапо. Решил я двух зайцев одним махом убить — и задание выполнить, и самому из дела не выходить. Парни вытащили Польмана из броневика, я велел Железнову вколоть ему снотворного посильнее, чтобы не очнулся раньше времени, потом взвалил его на спину и потащил в болото. Там наши ребята все ходы-выходы знали и привели нас на небольшой островок, в километре-полутора от дороги.

Железнова я оставил при себе, а остальных отправил назад, чтобы они немчиков из броневиков поживописнее вокруг машин раскидали — создали видимость боя. Сам из своего «парабеллума» пострелял, конечно, чтобы было видно, что «отходил» я с боем. Бросили мы обер-группенфюрера на травку, печать с портфеля срезали, документики достали, аккуратно разложили и сфотографировали. У Железнова была такая безотказная машинка «ЛОМО» — малюсенькая, не больше спичечного коробка, но качество съемки — отличное.

Потом обратно в том же порядке сложили все, Витя на сухом спирту сургуч расплавил, обратно все запечатали, благо печать свою Польман всегда при себе держал. На все про все потратили мы пятнадцать минут.

Я Железнову говорю: «А теперь, Витя, надо будет тебе немного подстрелить меня — для пущей реалистичности постановки». Он давай отнекиваться, но потом я его все-таки убедил. Ну, он мне в мякоть бедра засадил пулю и ушел. Оставался я с Польманом на островке, пока не услышал с дороги шум моторов. Начальника своего — фон Польмана — на спину взвалил и поковылял «к своим», как мог. Да дороги-то как следует не запомнил, завяз, чуть не утонули мы. Стал кричать — услышали. Прибежали солдаты, вытащили нас из трясины, вынесли на дорогу. А от Витиного выстрела я крови все-таки немало потерял — отключился, а очнулся уже в госпитале.

Глаза открываю — лежу в отдельной палате, как офицер, на тумбочке букет цветов, коробка шоколада. Ну, думаю,— прошел мой номер! Тут дверь открывается, и входит сам фон Польман — в черном мундире, на голове повязка. Я, как положено, порываюсь встать, а он меня за плечо так заботливо придерживает и говорит:

— Лежите, лежите, обер-шарфюрер, вам нужен покой...

И с этого времени прослыл я настоящим героем — за спасение начальника и сверхсекретных документов получил Железный крест из рук самого Гиммлера, был повышен в звании, а фон Польман подарил мне эту фляжку и сделал меня своим личным секретарем. А когда из Риги его на повышение в Берлин перевели, я отправился вместе с ним, и война для меня закончилась в рейхсканцелярии в апреле сорок пятого — тогда я уже был офицером СС. Вот такая история...

— А что с микропленкой стало? — спросил Пронина Овалов.

— Она, насколько я знаю, попала по адресу. И когда новые немецкие танки оказались на фронте, наши артиллеристы уже знали, где у них слабые места, не спасовали — наподдавали и в хвост, и в гриву фашистскому бронированному гаду!

— Скажи, Иван,— спросил Пронина писатель, когда они осушили еще по одной рюмочке,— это ведь еще не вся история этой фляжки?

Пронин изобразил на лице ироническое удивление:

— Почему ты так решил, Лев Сергеевич?

— А вот эта заплатка на чехле и запаянная дырочка на боку — это ведь тоже наверняка не просто так?

— Эх, Лев, был бы ты помоложе, взял бы я тебя к себе оперативником,— никакая мелочь от тебя не скроется! Впрочем, и для писателя наблюдательность — ценнейшее качество... А что до этой заплатки, то это история уже совсем другого времени...

— Так расскажи, Иван Николаевич!

— Ну что с тобой поделать, Лев Сергеевич,— придется рассказать... Как говорится, взялся за гуж, не говори, что не дюж...

Пронин встал из-за стола и подошел к двери в сад, остановился на пороге, задумчиво вглядываясь в светлеющее небо раннего подмосковного утра:

— Знаешь, Лев, это время суток я люблю больше всего, особенно когда нахожусь здесь, на даче.

— Почему?

— А вот смотри, сейчас все вокруг как будто спит глубоким сном. Ни птицы, ни сверчка не слышно, даже листья на деревьях не шуршат. А только появится первый лучик солнца, начинается торжество жизни — гомон, шелест, шуршание и пение. Удивительнейшее явление. Как наши поэты не сподобились еще об этом написать красивую хорошую песню? Сам бы написал, да вот даром таким не владею. Как говаривал Василий Иванович Чапаев: «Языков не знаю!»

Пронин задумчиво улыбнулся и вернулся за стол. Овалов хитро посмотрел на старого приятеля:

— А ведь у меня к тебе есть вопросы, Иван Николаич. Дело в том, что один мой товарищ из МИДа...

Пронин усмехнулся, перебивая писателя:

— Никак этот красавец Кравцов! Во времена товарища Сталина болтуна пристрелили бы в затылок, но нынче времена вольготные. И дипломаты откровенничают с писателями, как бабушки на лавочке. Кравцов? — Овалов кивнул.— Не продолжайте, я сам продолжу. Это простейший ребус для старика Пронина. Итак, работник аппарата Министерства иностранных дел коммунист Кравцов рассказал коммунисту с полувековым стажем писателю-орденоносцу Льву Сергеевичу Овалову о том, что высылка одного британского и парочки шведских дипломатов из пределов Советского Союза была результатом многомесячной радиоигры, которую вел отдел генерал-майора Ивана Пронина, эсквайра и также орденоносца. Так? — Овалов снова кивнул, приподняв кустистые седые брови.— Кравцов не обманул вас. Он был самым нахальным образом честен и правдив, что не красит ни дипломата, ни солдата партии.

Пронин строго посмотрел на Овалова и продолжил почти торжественно:

— Уберите блокнот, Овалов. Этот рассказ не предназначен для стенографирования и грамзаписи. Для ваших новых произведений я лучше поведу речь о тайнах секты пятидесятников в Вильнюсе или об убийстве старухи Маковской — вдовы засекреченного академика. А эту историю даже в зашифрованном виде нельзя публиковать. Живите долго, Овалов, и лет через сорок вы напишете об этом деле замечательный рассказ. Да что рассказ — повесть! Не будем мелочиться — роман.

Лев Сергеевич Овалов — писатель-орденоносец и лауреат — поудобнее устроился в кресле и стал чутко внимать неспешному, подробному и как всегда захватывающему рассказу своего старого друга — генерал-майора государственной безопасности Ивана Николаевича Пронина.

Глава 2

ТАЙНАЯ ЖИЗНЬ ЛЕНОЧКИ КОВРИГИНОЙ

Леночка Ковригина была воспитана в строгих правилах и никогда не знакомилась с молодыми людьми на улице. Но в этот раз ей пришлось изменить своим жестким принципам, и на то были причины.

Это странное знакомство произошло недалеко от университета. Леночка, как всегда торопливо, шла к метро после заседания студенческого комитета и думала о своих учебных, общественных и личных делах, которых в ее насыщенной молодой жизни было более чем достаточно.

— Елена Викторовна? — послышался со стороны незнакомый мужской голос.

Леночка сначала и не поняла, что это обращаются к ней, она просто еще никогда не представляла себя в роли «Елены Викторовны» — взрослой серьезной женщины с тугой шишкой затянутых на затылке волос, непременно в очках, белом халате и со стетоскопом на шее. Нет, определенно образ Леночки — веселой студентки пятого курса медицинского университета, отличницы, спортсменки и комсомолки — нравился ей куда больше.

Мужчина повторил свой вопрос. Леночка остановила свой быстрый шаг и обернулась к нему.

— Вы меня зовете, товарищ? — спросила она официальным тоном, совершенно не оставляющим шансов незадачливым «ловеласам», которые довольно часто пытались познакомиться на улице с симпатичной студенткой.

— Да, вас, Елена Викторовна,— сказал мужчина, глядя ей в глаза. В его взгляде не было и налета той циничной наглости, которая так присуща доморощенным «донжуанам»,— это был открытый умный взгляд в меру самоуверенного молодого мужчины. Под стать его большим серым глазам было и лицо, на первый взгляд, грубо вылепленное, но с неуловимым налетом романтизма. Глядя на него, Леночка почему-то сразу вспомнила фотографию молодого Хемингуэя, которая стояла в ее комнате на письменном столе. Незнакомец был одет в длинное серое пальто в мелкий рубчик, на шее у него было коричневое кашне из тисненого шелка, на голове — темно-синяя широкополая шляпа из дорогого велюра. Леночка оценила его наряд на «пять с плюсом».

— Кто вы и чем я могу быть вам полезна? — не меняя строгого тона, спросила девушка.

Мужчина жестом предложил ей отойти на край тротуара, и только после того как поток прохожих остался в стороне, он заговорил:

— Елена Викторовна, у меня к вам большое и серьезное дело.

Последнее слово в исполнении его низкого бархатистого голоса прозвучало очень внушительно. За таким «делом» просто не могли скрываться какие-то легкомысленные глупости.

— Меня зовут Борис Петрович, и моя деятельность имеет самое непосредственное отношение к работе вашей мамы — Марии Сергеевны.

— Мамы? — удивилась Леночка.— При чем здесь моя мама?

— Елена Викторовна, давайте отойдем куда-нибудь в сторону, устроимся в каком-нибудь сквере,— настойчиво предложил «Хемингуэй»,— и там спокойно, без суеты я все вам объясню.

— Хорошо,— покорно согласилась Леночка, и они направились к ближайшему скверику, затерявшемуся в бесконечном лабиринте московских улиц.

После того как они нашли пустую скамейку и расположились на ней, Леночкин спутник стал молча разглядывать начищенные до зеркального блеска носки своих ботинок.

«Наверное, раздумывает, с чего начать разговор,— подумала Леночка.— Интересно, что же случилось?» Где-то в глубине сердца она почувствовала легкий укол тревоги.

— Ваша мама, профессор Ковригина,— неожиданно начал Борис Петрович,— работает в институте, который сегодня занят решением задач, чрезвычайно важных для народного хозяйства страны и, что самое главное,— для ее обороны...

Леночка никогда не интересовалась подробностями работы Марии Сергеевны, но никогда не сомневалась в том, что работа у мамы ответственная и очень важная.

— Я имею самое непосредственное отношение к работе Марии Сергеевны,— сказав эту фразу, молодой мужчина замолчал и посмотрел Леночке прямо в глаза. В его взгляде чувствовалась настоящая забота, но тем не менее девушка вновь почувствовала укол тревоги.

— Скажите конкретно, Борис... — Леночка была так взволнована, что отчество нового знакомого абсолютно вылетело у нее из головы.

— Петрович,— напомнил ей собеседник.

— Да, Борис Петрович.— Лицо девушки залил яркий румянец.— Мы уже говорим с вами довольно давно, но я до сих пор не могу понять, в чем дело. Кто вы? И при чем здесь моя мама?

Собеседник поднял глаза, и Леночка услышала то, чего менее всего ожидала:

— Я — Борис Петрович Кайгородов, старший лейтенант госбезопасности,— он расстегнул верхнюю пуговицу пальто и достал из внутреннего кармана изящную книжечку в кожаной обложке красного цвета.— Вот мое удостоверение, посмотрите.

Леночка побледнела и негнущимися пальцами взяла протянутую книжечку. Она открыла ее и увидела фотографию своего собеседника в военной форме, его имя и звание были вписаны в линеечки удостоверения четким каллиграфическим почерком. Подпись замминистра и печать МГБ с государственным гербом выглядели монументально и вызывали в душе трепет. Леночка смотрела на самую серьезную в стране корочку — и в голове ее калейдоскопом мелькали воспоминания. Военные годы... От девочки не скрывали, что ее отец, Виктор Степанович Ковригин, погиб смертью храбрых в захлебнувшемся наступлении на Украине. В эвакуации, в Чебоксарах, они жили в бараке. Как и другие дети войны, Леночка знала цену жизни и смерти, хлебу и маслу... Потом их перебрасывали еще дальше на юг — она на всю жизнь запомнила безумную давку той дороги, переполненные людьми товарные вагоны. Тогда Ковригиным помог человек в синей фуражке, сотрудник НКВД. Раненый, он тяготился своим важным, но не героическим эвакуационным заданием. Он рвался на фронт, где уже потерял левую руку, где проливали кровь в прорывных атаках его товарищи — офицеры органов. Он стал поистине добрым гением для доцента Ковригиной и маленькой Леночки. Устроил их на отдельную полку, подальше от сквозняков, подкармливал из своего пайка. А потом исчез за поворотами войны — и они не знали, выжил он или погиб. Увидев удостоверение Кайгородова, Леночка вспомнила о том чекисте, вспомнила его пустой рукав, вспомнила, что называла его «дядя Сережа», а глаза у него были, как у Кайгородова, серые...

Леночка вздрогнула, но сразу взяла себя в руки и спросила почти хладнокровно:

— С мамой что-то случилось?

— Нет, нет,— поспешил успокоить ее чекист, убирая удостоверение в карман,— с Марией Сергеевной все в порядке... Я прошу вас, Елена Викторовна, не волнуйтесь и внимательно выслушайте меня.

Ковригин слегка улыбнулся, и его открытая улыбка мгновенно смыла все страхи, навалившиеся на Леночку.

— Да, да, я слушаю вас Борис... Петрович!

Леночке все-таки удалось запомнить его имя. Они улыбнулись друг другу.

— Так вот, Елена Викторовна, как я уже сказал, ваша мама занята очень серьезной работой. Недавно нам стало известно, что результатами ее исследований всерьез заинтересовалась разведка одной крупной капиталистической державы. Я, по долгу службы, курирую вопросы безопасности Марии Сергеевны и ее коллег. К нам поступили сведения, что в ближайшее время враги начнут активные действия для того, чтобы проникнуть в наши секреты. Поэтому руководство уполномочило меня обратиться к вам, Елена Викторовна, с тем чтобы вы посодействовали нам в этом непростом деле...

— Каким образом? Что я могу? — вырвалось у девушки, но Кайгородов жестом остановил ее и продолжил:

— Ничего особенного делать вам не придется, Елена Викторовна. Прыжки с парашютом, стрельба из бесшумного револьвера и встречи на конспиративных квартирах исключаются,— пошутил чекист.— Вам просто-напросто надо будет внимательно приглядываться к людям, которые часто бывают у вас дома, подмечать всякие мелочи, а потом давать краткие отчеты о происходящем. Не исключено, что враги будут действовать через людей, входящих в близкий круг общения вашей мамы. Особенное внимание надо уделять тем, кто появляется у вас дома впервые,— ну, знаете, друзья друзей, знакомые знакомых. Ваша мама очень общительный человек, и ваш дом, насколько я знаю, известен своим гостеприимством — и тем проще врагам подобраться к Марии Сергеевне.

— Скажите, Борис Петрович, только скажите честно: маме грозит опасность?

— Лукавить не буду, Елена Викторовна, враг очень коварен и хитер, а значит, от него можно ожидать всего чего угодно. Но в случае с вашей мамой, я думаю, большой опасности нет. Мы держим ситуацию под контролем — жизни и здоровью профессора Ковригиной ничего не угрожает.— Он наставительно поднял палец.— Во многом, Елена Викторовна, безопасность товарища Ковригиной зависит и от вас!

— А что будет потом, когда вы раскроете шпионов? — с любопытством спросила Леночка.

Кайгородов снисходительно улыбнулся и ответил:

— Мы их возьмем! А возможно, проведем операцию по дезинформации врага... Но это уже оперативные тонкости — сами понимаете, Елена Викторовна, всего я сказать вам не могу... Так что вы ответите на мое предложение?

— Конечно, я согласна — это мой долг...

— Иного ответа я и не ожидал услышать от вас. Вы — мужественная девушка, настоящая комсомолка!

Леночка зарделась и опустила глаза — последние слова обаятельного чекиста ей польстили.

— Разумеется, о нашем разговоре никто не должен знать,— строго сказал Кайгородов.— Ваша миссия абсолютно секретна, Елена Викторовна.

— Даже мама не должна знать?

— Ни в коем случае! Незачем волновать Марию Сергеевну — это может отразиться на ее работе. Тем более и враги могут что-то заподозрить, а в этом случае весь наш план может оказаться под угрозой.

С такими аргументами было сложно спорить, и Леночка согласно кивнула.

— Как мы будем с вами встречаться, Борис Петрович?

— Я буду периодически звонить вам домой и сообщать место и время встречи. Причем контакт вы должны поддерживать только со мной, любой человек, который придет к вам от моего имени, если я не предупредил вас об этом заранее,— враг. Помните это! Еще — вот вам телефон для экстренного вызова,— Кайгородов достал из кармана бумажку с номером,— запомните его наизусть... Звонить по этому номеру нужно только в крайнем случае.

Леночка запомнила номер, Кайгородов чиркнул спичкой, поджег бумагу и держал ее за уголок, пока огонь окончательно не съел цифры.

Они разговаривали еще минут десять. Кайгородов подробно проинструктировал Леночку о том, на что особенно надо обращать внимание, как вести себя с незнакомцами, как систематизировать полученную информацию — отметая мелкие и незначительные вещи, не упускать при этом главного.

Они расстались, как старые друзья. Кайгородов пожал Леночке руку и сказал:

— Удачи вам, Елена Викторовна. Я уверен, у вас все получится.

Леночка кивнула новому знакомому, тихо сказала «до свидания» и пошла домой, еще раз прокручивая в голове все детали необычной беседы со старшим лейтенантом государственной безопасности Борисом Кайгородовым.

***

— Подожди, Иван Николаевич,— остановил писатель Пронина,— это не та профессор Ковригина, которая скончалась с месяц назад? Я помню, в «Известиях» еще некролог был...

— Да, это она самая,— сухо ответил чекист.

— Так значит, не удалось вам?

— Что не удалось?

— Ну, оградить ее, что ли... Или там что-то другое?

— Слушай, Лев Сергеевич,— с легким раздражением в голосе прервал Пронин поток вопросов,— тебе что, с конца надо все рассказывать? Экий ты нетерпеливый стал!

— Виноват, товарищ генерал-майор! Извини, Иван, рассказывай дальше.

— Еще вопросы есть? — с деланной строгостью в голосе спросил друга Пронин.

— Есть,— Овалов решил идти до конца.

— Тогда задавай...

— Скажи, Иван, а правда, что ваши ребята вот так запросто могут прибегать к помощи родственников — вербовать посторонних людей?

— Всякое бывает, Лев,— неопределенно ответил Пронин,— всякое бывает... Хотя этот случай — дело особое.

* * *

Мамы еще не было дома. Домработница Нюра, работавшая у Ковригиных уже больше пяти лет, засуетилась вокруг Леночки, по доброй традиции вздыхая и охая:

— Ой, совсем замучили ребенка в этом университете! На тебе же лица нет, Леночка. И не кушала, наверное, весь день! Ох, Господи, Царица Небесная!

— Да все нормально, Нюра,— невпопад отвечала Леночка,— все хорошо у меня...

— А и хорошо, а и хорошо... Ой, чуть не забыла дура старая — жених-то твой, Павел Викторович, весь телефон уже оборвал, звонил раз пять...

— Паша? — рассеяно спросила Леночка.— Когда?

— Да последний раз минут как пятнадцать тому... Кушать будешь, Леночка? Я супчик куриный сварила, котлеток свежих нажарила с картошечкой — как ты любишь... А? — Она так подмигнула Леночке, что отказаться было невозможно.

— Не надо, Нюра... Я потом...

Сокрушаясь и причитая, домработница пошла на кухню, по дороге сметая с мебели несуществующую пыль. Леночка зашла в свою комнату, бросила на стол свой туго набитый портфель и упала на кровать.

Мысли о беседе с Кайгородовым не оставляли ее. Раздумья девушки были прерваны резким телефонным звонком. Через минуту в дверь комнаты тихо постучали, и Нюрин голос едва слышно сказал:

— Леночка, иди, опять Павел Викторович звонят... Ой, господи, нет покоя деточке...

Лена вышла в коридор и взяла трубку телефонного аппарата.

— Да, я слушаю,— сказала она.

— Привет, Ёлочка! Куда ты пропала? Я целый день тебя вызваниваю! — Пашин голос звучал весело и задорно, от него у Леночки сразу посветлело на душе.— Слушай, Ел, у меня для тебя есть потрясный сюрприз! Ты будешь в восторге!

— Какой?

— Сама увидишь — я у тебя через полчаса буду. Хорошо?

— Конечно, приезжай, Паша, я очень соскучилась...

— Я тоже! Все, до встречи!

В трубке что-то щелкнуло, и она разразилась чередой протяжных гудков.

Из двери на кухню выглянула Нюра:

— Леночка, может, покушаешь? Все свежее, горяченькое... Котлетки твои любимые...

— Конечно, покушаю, Нюрочка,— задорно ответила девушка,— сейчас Паша приедет, и покушаем тогда... Кстати, мама когда будет?

— Ой, господи! Вечно я все позабуду, старость — не радость! Звонила Марь Сергеевна, вот-вот прибудет. Короткий день у них. Вот все вместе и отужинаете,— радостно резюмировала Нюра,— вот и слава богу!

Павел и Мария Сергеевна пришли почти одновременно — с разницей в пять минут. Профессор Ковригина — молодящаяся и довольно красивая еще женщина сорока пяти лет — поцеловала выбежавшую ей навстречу Леночку и устало сказала, обращаясь к дочери и Нюре, которая тоже оставила свой кухонный пост, чтобы поприветствовать хозяйку:

— Ой, девчонки, так я что-то устала сегодня, и есть жутко хочется! Не дадите с голоду помереть надежде советской химии?

— Все готово у меня уже,— торжественно заявила Нюра,— вот только Павла Викторовича ожидаем — сейчас обещали быть...

— Что ты говоришь, Нюра,— раскраснелась Леночка,— при чем здесь Пашка? Не слушай ее, мамочка!

— Ладно, ладно,— примирительно сказала Мария Сергеевна,— не слушаю, а все-таки зятя надо дождаться, а то потом невзлюбит тещу — это часто бывает!

Леночка было собралась уже вконец засмущаться, но тут весело заголосил дверной звонок.

Паша ворвался в прихожую, как теплый весенний ветер, мужественный запах его «Красного Мака» сразу заглушил ненавязчивый аромат «Ландыша» — духов, которым отдавала предпочтение Мария Сергеевна.

Чубатое, высоколобое и румяное лицо Паши дышало молодой энергией. Он чмокнул в нос свою обожаемую Елку, Марии Сергеевне вручил увесистую коробку шоколадных конфет, а Нюре — бумажный пакетик с ее любимыми бабаевскими барбарисками.

После всех этих «дароприношений» в руках у Павла остался плоский бумажный пакет, испещренный разноцветными скрипичными ключами — эмблемками недавно открывшегося в ГУМе магазина грампластинок. Леночка сразу поняла, что содержимое этого пакета и есть тот самый сюрприз, о котором Паша говорил по телефону.

— А где мой сюрприз? — тонким капризным голоском спросила она, смешно выпучив глаза.

— Держи, держи свой сюрприз,— Павел протянул Лене пакет, который та сразу стала разворачивать, шурша бумагой.

В пакете оказалась модная новинка — долгоиграющая пластинка с записями Муслима Магомаева. Называлась она «Лучший город Земли» — по названию твиста, который слушало и под который танцевало почти все молодое население Страны Советов.

Восторгам Леночки не было предела — подарок Павла явно пришелся ей по вкусу. Пока Паша раздевался в прихожей, а Мария Сергеевна и Нюра накрывали стол в гостиной, Леночка побежала к себе в комнату, чтобы «обновить» свой подарок.

Из динамика портативного проигрывателя сначала послышалось легкое шуршание, а затем в комнату ворвалась легкая и радостная мелодия песни, зазвучал сильный голос молодого, но уже очень популярного певца:

Песня плыве-от, сердце поет!
Эти слова-а — о тебе, Москва-а-а!

Паша неслышно вошел в комнату и, глядя на кружащуюся в танце восторженную Леночку, громко спросил:

— Ну как, Ёлочка?

Сделав очередное немыслимое па, девушка на лету чмокнула парня в щеку и пропела вместе с Магомаевым:

— Эти слова-а — о тебе, Москва-а-а!

Пашин подарок ей явно очень понравился.

Через несколько минут Нюра позвала их к столу, и Леночка, раскрасневшаяся от быстрого танца, с легким разочарованием выключила проигрыватель. Она, не переставая пританцовывать и что-то напевать, взяла за руку улыбающегося Павла, и молодые люди направились в гостиную.

Ковригины и их молодой гость отдали должное Нюриной стряпне, а в этом деле набожная домохозяйка была большой мастерицей. За ужином говорили о незначительных вещах: Леночка рассказала что-то о своих студенческих делах, Павел припомнил какой-то забавный случай, произошедший с ним на службе,— после окончания журналистского факультета МГУ его как одного из лучших выпускников распределили на работу в редакцию «Комсомольской правды».

Мария Сергеевна смотрела то на дочь, то на Павлика и в который раз думала: «Какая прекрасная пара! Как хорошо они друг друга дополняют: строптивая и слегка упрямая Леночка и Павел — жизнерадостный, спортивный и целеустремленный. Глядишь, еще годик — и прибавится ко всем моим титулам еще один, самый, наверное, почетный — произведут меня в бабушки...»

— Мамуля, о чем задумалась? — спросила Леночка маму.— Опять какую-нибудь научную проблему в голове решаешь?

Мария Сергеевна тепло улыбнулась дочке и с показной серьезностью сказала, нахмурив брови:

— Масса Солнца равна двум биллионам тонн...

Леночка и Павел громко рассмеялись — Мария Сергеевна очень похоже воспроизвела кусочек монолога Любови Орловой из «Весны», где популярная актриса играла женщину-ученого, этакого «сухаря» в юбке, живущего в мире формул и экспериментов.

Когда Нюра принесла чай, Мария Сергеевна громко хлопнула в ладоши и строго сказала:

— Так, дети, внимание! У меня для вас есть новость! Сегодня мы в институте закончили очень большую и важную работу. В связи с этим в эту субботу у нас дома состоится праздничный прием. Надеюсь, что вы не бросите нас с Нюрой на растерзание моим ученым коллегам и поможете мне с организацией и проведением банкета.

Услышав мамино объявление, Леночка неожиданно вспомнила свой недавний разговор с Кайгородовым, о котором уже и думать забыла. На душе снова стало тревожно.

«...Ваша мама очень общительный человек, и ваш дом, насколько я знаю, известен своим гостеприимством, и тем проще врагам подобраться к Марии Сергеевне...» — вспомнила она слова Бориса Петровича.

Леночка скрыла беспокойство, улыбнулась и ответила матери:

— Конечно, мы тебе поможем, мама! Ты как, Паш?

— С огромным удовольствием, Елочка! — ответил молодой человек и широко улыбнулся, а потом повернулся к Ковригиной и спросил: — Мария Сергеевна, а, если не секрет, в чем суть работы, которую вы завершили?

«...Особенно я прошу вас обращать внимание на тех людей, которые как бы из праздного любопытства интересуются работой Марии Сергеевны. Есть шпионская методика, которая позволяет с помощью самых невинных вопросов выудить из человека очень важную информацию...» — слова Кайгородова явственно прозвучали в голове Леночки.

Мария Сергеевна собралась было ответить на вопрос Павла, но вдруг Леночка встала из-за стола и неожиданно резко сказала своему жениху:

— Паша, не приставай к маме! Видишь, как она устала сегодня! И вообще, как тебе не надоест постоянно задавать глупые вопросы!

— Леночка, зачем ты так? — укоризненно сказала дочери Ковригина.— Я не настолько устала, чтобы не пообщаться с вами...

Но никакие укоры и убеждения уже не могли подействовать на девушку. Зная ее упрямый характер, Паша вышел из-за стола и извиняющимся тоном сказал Марии Сергеевне:

— Я действительно, наверное, задаю много вопросов... У нас это называется профессиональной деформацией — ведь в нашей профессии приходится очень часто спрашивать людей... Извините, Мария Сергеевна.

Леночка схватила Павла за руку и с усилием поволокла из гостиной. Мария Сергеевна только и успела сказать вслед:

— Ничего, Павел, ничего — потом еще пообщаемся...

Резкая вспышка дочери была ей абсолютно непонятна, такого с Леночкой никогда раньше не было...

Молодые люди зашли в комнату Леночки, где девушка вновь начала строго отчитывать Пашу:

— Ну что ты вечно лезешь со своими вопросами? Что ты пристаешь? Что, поговорить больше не о чем?

— Ела, ну что такого случилось? Что ты так взъелась? — попытался защищаться Паша.— Вообще, что ты так разнервничалась? Что случилось?

— Ничего,— резко ответила девушка, взяла со стола какую-то книгу и, изобразив на лице полнейшее равнодушие, стала листать ее.

Немое сидение молодых людей друг напротив друга продолжалось не меньше десяти минут. Все попытки Павла заговорить с девушкой натыкались на стену молчания.

Вскоре Паша, совершенно смущенный произошедшим, поднялся со стула и тихо спросил:

— Ну, я пойду, Лена?

Девушка едва заметно кивнула, и Паша ушел, бросив на прощание едва слышное «пока».

Леночка отложила книгу и задумалась, уставившись в стену.

«Надо взять себя в руки... Нельзя же теперь подозревать всех... Что ты наделала, дуреха! Это же Пашка, Пашка! Такой родной, такой искренний, такой хороший... Но вот эти его вопросы...»

Где-то в глубине души Леночки зародилось сомнение, девушке вдруг стало очень холодно и страшно... Она обхватила голову ладонями и горько заплакала. Да, непростое это дело — шпионов ловить... А кто говорил, что будет легко?

***

Пронин замолчал и достал из кармана халата элегантный портсигар. Он выудил из него папиросу, вставил ее в рот, но прикуривать не стал. Овалов знал, что чекист бросил курить уже очень давно, но иногда любил вот так доставать папиросу и держать ее в зубах. «Для аромата...» — объяснял он в таких случаях.

— Скажи, Иван Николаевич,— воспользовавшись паузой, спросил чекиста писатель,— а может, не стоило эту девочку в такое серьезное дело вовлекать?

— Может, и не стоило, Лев Сергеевич, может, и не стоило,— ответил Пронин, слегка улыбнувшись.

Поняв, что более внятного ответа на этот вопрос ему пока не получить, Овалов задал следующий:

— Скажи хоть тогда, Иван Николаевич,— враг уже появился «на сцене»?

Глава 3

ПРИНЦИП КАЛЕЙДОСКОПА

На следующий день, проводив Марию Сергеевну на работу, а Леночку в университет, Нюра отправилась на рынок — закупать продукты к будущему банкету.

На улице стояла отличная солнечная погода, сквозь почерневшую землю газонов уже стала несмело пробиваться молодая травка, новыми листьями набухали почки деревьев.

Нюра предпочитала всегда ездить на рынок, хотя рядом с домом уже давно открылось несколько больших универсамов, где можно было купить все что угодно и по более низкой цене. Потребительские принципы набожной домашней работницы Ковригиных не могли пошатнуть никакие чудеса советской торговли. «Что там в этих магазинах? Сплошной картон и этот... политилен, консервы одни, прости господи, а на рынке все свежее, натуральное — прямо из деревни...» — так рассуждала

Нюра. Обдумывая план своих покупок, женщина и не заметила, как от самого подъезда за ней увязался мужчина лет сорока пяти, одетый в неброский бежевый плащ и «тирольскую» шляпу с узкими полями,— ничем не примечательный гражданин невзрачной внешности.

Мужчина следовал за Нюрой до самого рынка, а когда домохозяйка вошла в просторный крытый павильон с рядами, он остановился у табачного ларька и тихо заговорил с молодым человеком, как видно, поджидавшим его. Парень был одет в широкие брюки и короткое черное полупальто. Его туалет дополняли клетчатая кепка-восьмиклинка, козырек которой был надвинут на глаза, и блестящие лаковые полуботинки с квадратными носами.

Невзрачный гражданин и молодой человек разговаривали не более минуты, а потом разошлись. Парень зашел в крытое помещение рынка следом за Нюрой, а мужчина, обойдя павильон стороной, вошел в него через другой вход.

А тем временем Нюра неторопливо обходила мясные ряды, выбирая увесистый кусок свиной вырезки для буженины, которой решила удивить гостей. И вот у одного из торговцев она увидела как раз то, что искала. Огромный улыбчивый татарин в белом халате с закатанными рукавами, к прилавку которого подошла Нюра, весело спросил ее:

— Что присмотрела, мама? Выбирай — э-э, лучше мяса во всей Москве не найти. Свежайшее, вкуснейшее! Выбирай — какой тебе кусочек показать?

Нюра строго указала пальцем на понравившийся кусок вырезки, и торговец ловким движеньем руки бросил тот на весы.

— Э-э, мама, ты толк знаешь, однако! Самое лучшее мясо выбрала, ай-бай! — сказал он, манипулируя гирями.

Нюра молча наклонилась к весам, обнюхала мясо, потом надавила на него пальцем, проверяя свежесть. Свинина действительно была очень хорошей.

— Сколько с меня? — спросила Нюра у торговца, и тот, взглянув на весы, стал подсчитывать стоимость товара на маленьких металлических счетах.

Нюра собралась было полезть в авоську за кошельком, но тут услышала громкий крик:

— Эй, гражданочка, смотри — у тебя кошель из авоськи тянут!

Нюра резко схватилась за неожиданно полегчавшую сумку, но было уже поздно. Когда она обернулась, то увидела только спину в черном пальто, быстро удалявшуюся в сторону выхода.

Нюра громко заголосила:

— Грабят! Ой, господи боже мой, держи его, вон того!

На выходе из павильона произошла какая-то заминка, и Нюра, прижав к груди порезанную бритвой авоську, бросилась туда.

У выхода уже собралась толпа зевак, пробравшись через которую, Нюра увидела мужчину в бежевом плаще, который в одной руке сжимал ее кошелек, а другой держался за живот.

— Вот сволочь, саданул меня крепко,— объяснял мужчина собравшимся.— Я его за руку схватил, а он меня как вдарит в живот и бежать! А кошелек-то бросил, гад! Кстати, чей кошель, граждане?

— Мой, мой,— радостно закричала Нюра и бросилась к своему спасителю.— Ой, спасибочки вам, гражданин! А я-то и не заметила, как это...

— Внимательней надо быть, мамаша,— мужчина протянул кошелек Нюре, слегка поморщившись от боли.— Посмотрите, все ли там на месте...

— Милицию надо позвать,— предложил кто-то из толпы.— Это так нельзя оставлять, что же творится?

— Милицию, милицию,— передразнил говорившего Нюрин спаситель.— Где она была, твоя милиция, когда здесь гражданку обворовывали? Кого теперь ловить-то?

Поняв, что происшествие исчерпано, люди, негромко обмениваясь впечатлениями, разошлись. Нюра, слегка поохивая, осталась рядом с мужчиной, который все еще прижимал руку к ушибленному животу.

— Может, вам «скорую» вызвать? — участливо спросила Нюра.

— Не надо, само пройдет... Вас как звать-то, мамаша?

— Нюрой,— сказала домохозяйка и тут же поправилась: — Анна Тимофеевна..,

— А меня Степаном Тимофеевичем зовут, получается, что мы с вами почти тезки.

Бесхитростная шутка понравилась Нюре, и она окончательно прониклась доверием к своему спасителю.

— Вы местная, Анна Тимофеевна? — спросил мужчина.

— Нет, я сама из Пскова, но в Москве, почитай, уже десятый год живу...

— А я здесь совсем недавно,— сказал Степан Тимофеевич.— Вот, а кстати, не знаете, как мне найти один адресок?..

Мужчина достал из кармана плаща бумажник и вынул из него листочек, который протянул Нюре. Та прочитала адрес, написанный крупным разборчивым почерком, и ответила:

— А и прекрасно знаю я этот адрес, это совсем рядом с нашим домом... Сейчас объясню, как добраться!

Мужчина внимательно выслушал Нюрины объяснения, а потом сокрушенно сказал:

— Спасибо, Анна Тимофеевна, но, если честно, боюсь, что сложно мне все-таки туда добраться будет, непривычный я к такому большому городу... Может, я вам помогу закупиться да продукты донести, а вы мне по дороге этот адресок и покажете?

Вежливый мужчина очень понравился домработнице, и она согласилась на его предложение, тем более что накупить всего ей надо было много, а нести самой тяжелые сумки очень не хотелось.

Прежде всего Нюра в сопровождении своего спасителя вернулась к прилавку и купила выбранный кусок мяса. Из сочувствия к жертве незадачливого грабителя татарин взял с Нюры вдвое меньшую цену.

— На доброе здоровье, мама!

Потом они вдвоем еще долго ходили по рынку — Нюра выбирала овощи, купила несколько цыплят, сметаны для заправки салатов, пару пучков зелени. Все закупленное едва уместилось в две огромные сетки-авоськи, которые нес за Нюрой Степан Тимофеевич...

— Давайте я хоть одну-то возьму,— предложила Нюра мужчине, но тот улыбнулся и ответил:

— Не волнуйтесь, Анна Тимофеевна, мне не тяжело.

На обратном пути они разговорились. Нюра, отвечая на простые вопросы своего спасителя, незаметно для себя рассказала ему все подробности своей московской жизни. Не забыла она упомянуть и о том, что ее хозяйка — профессор, ученый-химик, выполняет какую-то важную работу: «Государственная тайна, так-то!» Степан Тимофеевич спросил, а чем же занимается муж профессора, на что Нюра со вздохами рассказала мужчине подробную историю семейной трагедии Ковригиных. И про похоронку, и про эвакуацию...

— ...Впервой-то его под Москвой ранили, в декабре сорок первого. Леночке, дочке, всего шесть годочков было. До лета сорок второго письма аккуратно приходили — кажный месяц. Нас-то трудновато найти было — сначала Чебоксары, потом Ташкент, но почта как-то наловчилась письмато адресатам доставлять. В этой, как ее, экаву..— Нюра никак не могла вспомнить труднопроизносимое слово.

— Эвакуации? — помог Степан Тимофеевич.

— Во-во — этой самой. Ну, а потом, летом, письмо пришло — откуда-то с Украины, от полковника одного. Так и так, погиб смертью храбрых старший лейтенант Ковригин. Ну, и фотографию прислал фронтовую. Орден Красной Звезды при нем, улыбается. Погиб, значит, Виктор Степанович... Я-то сама его не видела, позже к ним устроилась, а по фотографиям — такой видный был человек, в больших партийных званиях ходил, доктор научный! Вот как судьба закрутилась-то...

Так постепенно Нюра рассказала своему новому знакомому всю жизнь семьи Ковригиных, не забыв, конечно, поведать про Леночкиного жениха — Пашу и о намеченном на субботу банкете в честь какого-то важного научного открытия.

Так, неспешно беседуя, они добрались до дома, где жили Ковригины.

Нюра остановилась и, показав рукой в сторону широкого проспекта, проходившего невдалеке, сказала своему попутчику:

— Вам туда, Степан Тимофеевич, пройдете два квартала, и будет ваша улица — там найдете...

— Спасибо вам большое, Анна Тимофеевна, может, до квартиры сумки донести?

— Да нет, не надо, тут уж я сама, и так вам от меня одни проблемы... Не судите уж строго меня, старую...

Они тепло попрощались — Нюра пошла к себе, а ее новый знакомый, проводив домработницу внимательным взглядом, подошел к ближайшей телефонной будке и куда-то позвонил. Говорил он недолго, а повесив трубку, остался на месте. Через пятнадцать минут возле него на обочине дороги остановилась бежевая «Победа».

Степан Тимофеевич открыл дверцу машины и сел рядом с водителем. Машина, подняв небольшое облачко пыли, сорвалась с места и скрылась в лабиринте улиц.

* * *

— И что им с этой Нюры, Иван Николаевич? — спросил Лев Сергеевич Пронина, когда тот приостановил свой рассказ для того, чтобы в очередной раз осуществить свои манипуляции с папиросой.— Что ценного в том, что они узнали, чем питается и во что одевается профессор Ковригина? Да и рассказы о военных лишениях вряд ли что-либо добавят в их досье.

— А ты, Лев, помнишь слова Кайгородова: «...Есть шпионская методика, которая позволяет с помощью самых невинных вопросов выудить из человека очень важную информацию...»? — Пронин внимательно посмотрел на писателя и улыбнулся: — Сбор информации — это, брат, Лев Сергеевич, целая наука...

— Да, не спорю, с домработницей этот «Тимофеич» сработал отменно, но ценность того, что он узнал, кажется мне очень сомнительной...

— А потому-то ты и не шпион, Лев Сергеевич, а советский писатель,— широко улыбнулся Пронин.— Есть вещи, которые абсолютно неинтересны для простых людей, а для врага важно все... Знаешь, есть такая игрушка детская — калейдоскоп?

— Да, а при чем здесь это?

— Сознание шпиона и сознание контрразведчика работают по очень похожему принципу. Они, подобно этому самому калейдоскопу, складывают стройные и красивые узоры из осколков самой разной информации, порой даже из откровенного «мусора». Правда, они — враги — с помощью этой информации пытаются узнать наши секреты, а мы мешаем им сделать это...

— Но Ковригину вы все-таки не уберегли...

— Эх, Лев Сергеевич, что за привычка торопить события? Ты ведь только завязку услышал, а уже выводы делаешь,— упрекнул Пронин друга.— Дальше будешь слушать?

— Да, конечно!

* * *

В пятницу вечером Леночка, явившись домой с занятий и, как всегда, выслушав причитания Нюры, решила позвонить Павлику.

Паша был в редакции — в трубке фоном звучал непрекращающийся стук множества пишущих машинок: молодые и не очень молодые советские журналисты готовились сдавать в печать очередной номер газеты.

— Алло, слушаю вас...— неожиданно тихо прозвучал голос Паши.

— Пашенька, это я,— вкрадчиво сказала Леночка и затихла, ожидая его реакции.

— О господи, царица небесная,— смешно подражая Нюриному говорку, ответил Павел.— Я уж и не чаял вас услышать, Елена Викторовна!

— Паша, ты обиделся на меня за вчерашнее? Я такая дура, прости меня, а?

— Обижаются только дураки, Елка, или слабые люди,— серьезно ответил ей Паша, а потом с усмешкой добавил: — Тем более я могу тебя понять — у тебя такие серьезные обстоятельства сейчас...

— Какие обстоятельства? — заволновалась девушка и подумала: «Неужели он знает про Кайгородова? Может, он тоже — как и я? Нет, не может быть!»

— Ну, как какие, Ела? Ты же вчера весь день в анатомичке проторчала — нарезалась там, накромсалась мертвых тел... После такого с живыми людьми не очень-то пообщаешься. Представляю, что ждет меня в будущем...

— Счастье и любовь, дуралей,— ответила на этот выпад Леночка.— И почему ты повторяешь эту обывательскую тарабарщину?

— Профессия такая,— ответил Паша.— А насчет счастья и любви — ловлю тебя на слове!

— Лови, лови... Так ты сегодня будешь у нас?

— Нет, Ела, прости, сегодня никак — сдаем субботний номер. А завтра я посещу ваш фуршет, ибо приглашен хозяйкой...

— Хорошо, подходи к четырем. Буду ждать. Все. Пока.

— Пока, любимая...

Перед тем как опустить трубки на рычаги, влюбленные одновременно поцеловали микрофоны.

На следующий день к половине пятого в квартире Ковригиных все уже было готово к празднику. Широкий стол в гостиной был застелен белоснежной скатертью, на которой усилиями Леночки, Паши и Марии Сергеевны были в идеальном порядке расставлены столовые приборы, бутылки коньяка, вина и шампанского.

Празднично одетые Елена Сергеевна, Паша и Леночка расположились в глубоких креслах, стоящих в углу комнаты возле огромного «Телефункена», из которого негромко доносились звуки утесовского джаза. Они очень живо обсуждали случай, произошедший вчера с Нюрой, которая периодически появлялась из кухни, чтобы поставить на стол блюдо с очередным кулинарным шедевром. Правда, ее участие в беседе сводилось к коротким восклицаниям религиозного оттенка, которые всякий раз вызывали острые приступы веселья у смешливой Леночки.

В прихожей празднично заголосил звонок, и Нюра бросилась открывать дверь. Следом за ней встречать гостей пошла и Мария Сергеевна.

В гостиной послышался звук множества голосов, веселый хохот, и спустя несколько минут на пороге комнаты появился глава института — академик Владимир Николаевич Громов. Его высокая, слегка полноватая фигура дышала бодростью и энергией, на лацкане бостонового пиджака тускло мерцал эмалью орден Ленина. Он никогда не надевал всех своих орденов и лауреатских значков, только первый орден Ленина, полученный в сорок шестом году... При виде молодых людей, поднявшихся навстречу гостю, Громов широко улыбнулся.

— Здравствуй, Ленуся! Здравствуй, хохотушка! Ну что, коклюш уже научилась лечить? — поприветствовал академик Леночку и поцеловал ее в подставленную щечку.

Павла Иван Николаевич тоже видел уже не в первый раз. Он крепко пожал парню руку и спросил:

— Паша, когда на свадьбу пригласишь? Что это вы с Ленусей тянете резину, понимаешь? Нехорошо... Смотри, сбежит от тебя с каким-нибудь костоправом...

— Ваня, ты себя бы вспомнил в их возрасте,— в гостиную вошла Надежда Валентиновна Громова, жена академика — известная драматическая актриса.— Вспомни, как сам пять лет не решался мне предложение сделать. Самой пришлось тебя под венец тащить...

— Ну что ты, Надюша,— хмуря брови, стал оправдываться академик.— Тогда время-то, вспомни, какое было — голод, разруха... А сейчас — совсем другое дело!

— Да я не против, Владимир Николаевич,— заявил Паша.— Вот только Елка хочет сначала университет закончить, а уже потом заняться своей личной жизнью. А переубедить ее сложно — упряма без меры... Сами знаете...

— Значит, первым делом, Ленуся, самолеты? Смотри, упустишь такого парня! — сказал академик девушке.

В ответ Леночка только громко рассмеялась.

Постепенно приглашенных в гостиной становилось все больше и больше. Появился доцент Григорович — в прошлом научный оппонент профессора Ковригиной, работающий ныне заведующим кафедрой химии в одном из столичных вузов. Григорович, заметив Громова, сразу втянул его в полемику по поводу статьи, которую академик недавно опубликовал в каком-то научном журнале. Они уединились в углу гостиной и стали горячо спорить, позабыв обо всех и вся.

Появилась Екатерина Миллер, давняя подруга Ковригиной,— известная поэтесса, автор множества романтических стихов и просто элегантная женщина. Как всегда, она поразила всех присутствующих своим великолепным вечерним платьем, сшитым, как шептали дамы, одним из самых модных модельеров Москвы. За поэтессой сразу же принялся ухаживать Андрей Филиппович Серебряков, начальник отдела кадров института, выправка которого выдавала в нем бывшего военного — Серебряков ушел в отставку в звании капитана 1 ранга.

Когда все собрались, хозяйка пригласила компанию к столу. После обычной в такой ситуации суеты, связанной с разливанием напитков и накладыванием закусок в тарелки, первый тост, по сложившейся уже традиции, провозгласил академик Громов:

— Дорогие друзья, коллеги! Первый бокал я хочу поднять за гостеприимную хозяйку нашего замечательного праздника. Ведь именно благодаря ее научной прозорливости стала возможной та небольшая, но очень важная победа, которую мы с вами сегодня отмечаем!

Не всем из присутствующих был понятен тост академика Громова, но Марию Сергеевну все действительно очень любили и уважали, а поэтому выпили за нее с большим удовольствием.

После первого тоста компания принялась за закуски, за столом потекли неспешные разговоры, то там, то здесь слышался негромкий смех. Григорович продолжал спорить с Громовым, иногда в их дискуссию встревала и Мария Сергеевна, Серебряков шептал что-то смешное на ухо импозантной поэтессе, Надежда Валентиновна беседовала с Леночкой и Пашей. Правда, в беседе этой участвовал в основном только Павел, так как Леночка, помня о задании Кайгородова, внимательно прислушивалась к застольным разговорам. Она вдруг поняла, что враги, о которых говорил ей чекист, могут сейчас сидеть с ней за одним столом, и эта мысль заставляла ее быть бдительнее.

Особенно подозрительным ей казалась навязчивость Григоровича, который все никак не хотел отстать от Громова и Марии Сергеевны. Леночка вообще не любила этого вечно брюзжащего человека, тем более что тот практически никогда не обращал на нее никакого внимания. Фамилию Григоровича она вписала первой в свой условный список подозреваемых, впрочем, других имен там пока еще не было.

Гости отдали должное закускам, настало время второго тоста. Инициативу вновь взял в свои руки Громов, надеясь, по-видимому, таким образом избавиться от навязчивого доцента.

Он встал и окинул собрание внимательным взглядом. Неожиданно академик заметил за столом пустующее место и строго спросил собравшихся:

— Кто это сегодня проигнорировал наш праздник? Чье место пустует?

Кто-то из присутствующих негромко сказал:

— Что-то сегодня не видно было Тараса Григорьевича...

— Точно,— поддержал его другой голос,— он еще не приходил...

«Тарасом Григорьевичем» сотрудники института в шутку прозвали начальника административно-хозяйственной части Александра Юрьевича Шевченко, человека, которого все работающие в учреждении любили за веселый нрав и уважали за исключительную хозяйственность и бережливость.

— Так, так,— с деланной строгостью сказал академик,— значит, наш товарищ Шевченко опаздывает... Непохоже на него... Ну да ладно. Все равно наш «ворошиловский стрелок» ничего крепче нарзана не пьет. Не убудет от него...

Действительно, Шевченко практически не пил и занимался пулевой стрельбой, даже имел какой-то высокий разряд в этом виде спорта.

— Итак,— продолжил Громов,— я предлагаю поднять бокалы за Военно-морской флот и Военно-воздушные силы нашей страны!

Сотрудники института понимающе кивнули и встали со своих мест. Их примеру последовали и остальные, хотя они и не поняли смысла этого тоста. Кто-то непонимающе спросил:

— А при чем здесь флот? При чем здесь наша авиация?

Громов широко улыбнулся и ответил на это:

— При том, что они такие морские и воздушные, военные, а главное — сильные!

Все рассмеялись и выпили.

Леночке не понравился тост Громова, но больше всего ей не понравились вопросы, последовавшие вслед за ним. Она отыскала глазами любопытствующего — им оказался Дмитрий Павлович Дизер, директор какого-то крупного строительного треста, давний друг Марии Сергеевны. «Надо будет к нему повнимательнее присмотреться,— подумала Леночка,— кто его знает, что он за фрукт...» Кажется, ее «список подозреваемых» пополнился еще одной фамилией.

А за час до этого Александр Юрьевич Шевченко вышел из помещения стрелкового тира общества Динамо», где тренировался каждую неделю и, посмотрев на часы, заторопился к остановке троллейбуса. До торжества, которое сегодня должно было состояться у профессора Ковригиной, оставалось совсем немного времени. Шевченко шел быстрым пружинящим шагом, который так не свойственен мужчинам, возраст которых приближался к шестому десятку. Но Александр Юрьевич на здоровье не жаловался — для своих лет он был просто в великолепной форме.

Шевченко шел по аллее, когда к нему подошел ничем не примечательный мужчина в бежевом плаще и вежливо спросил:

— Товарищ, огоньком не богаты?

Начальник АХЧ не курил, даже на фронте не пристрастился к этой дурной привычке, но всегда имел при себе коробок спичек — так, на всякий случай.

— Есть такое дело! — Шевченко достал коробок из кармана пальто, зажег спичку и, сложив ладони «лодочкой», чтобы не задуло, поднес огонек к папиросе незнакомца.

Мужчина слегка обхватил ладони Александра Юрьевича своими руками и наклонился к огню. Когда на кончике папиросы разгорелся оранжевый уголек, Шевченко вдруг почувствовал легкий укол с наружной стороны левой кисти. Он затушил спичку и посмотрел на руку. На коже виднелась небольшая, но довольно глубокая царапина, через нее наружу уже выступила капелька крови.

Мужчина тоже заметил ранку и извиняющимся тоном сказал:

— Ох, извините, пожалуйста, товарищ! Это я, наверное, своим колечком...

Он показал Шевченко правую руку — на указательном пальце был большой серебряный перстень с мудреным узором.

— Интересная штучка,— заметил Александр Юрьевич,— тонкая работа!

Извинения незнакомца, он, конечно, принял и даже пошутил:

— Ну, подумаешь, укол! Укололся и пошел! Ерунда это, до свадьбы заживет.

Шевченко улыбнулся и, зажав ранку носовым платком, торопливо двинулся дальше. Опаздывать на праздник ему не хотелось.

Мужчина в бежевом плаще, дымя папиросой, прошелся по аллее и свернул за угол, в маленькую тихую улочку. Там его уже ждала бежевая «Победа». Он открыл дверцу и сел на переднее сиденье. Поудобнее устроившись в кресле и выбросив папиросу в открытое окно автомобиля, он достал из кармана клетчатый носовой платок и маленький никелированный пенальчик. Осторожно обмотав платком массивный перстень, он бережно снял его, откинул крышку пенала и аккуратно положил перстень внутрь.

Спрятав коробочку в карман плаща, он, не поворачиваясь, сказал водителю:

— Дело сделано... Поехали.

Веселье у Ковригиных было в полном разгаре. Уже давно было съедено горячее и выпито большое количество различных напитков. За огромным столом осталось несколько обсуждающих что-то компаний, а большая часть гостей, в основном молодые люди, занялись организацией танцев.

Леночка принесла свой проигрыватель и пластинки. Конечно, первым делом она поставила «Лучший город Земли», и молодежь закружилась в быстром танце, изредка вызывая недоуменные и слегка осуждающие взгляды представителей более старшего поколения.

Зазвучали начальные аккорды новой песни, и в это время в гостиную незаметно вошла Нюра и, подойдя к столу, что-то сказала Ковригиной и Громову.

Владимир Николаевич и Мария Сергеевна вышли в прихожую, домработница пошла следом.

Мария Сергеевна вернулась через пару минут. Лицо ее было серьезным и бледным, на нем не осталось и следа того веселого, праздничного настроения, которое было у нее всего несколько мгновений назад.

Она жестом велела Леночке выключить музыку и остановилась у двери в прихожую. Все затихли и обернулись к Ковригиной: стало понятно, что произошло нечто очень серьезное.

Из прихожей показался взволнованный и хмурый академик Громов.

— Товарищи,— без паузы начал он, остановившись рядом с Марией Сергеевной,— сейчас нам звонили из милиции... В общем, два часа назад скончался Александр Юрьевич Шевченко... Ехал в троллейбусе, прихватило сердце... Когда привезли в больницу, было уже поздно. Вот так, товарищи.

Услышав эту новость, все сидели молча — компания собиралась в квартире у Ковригиных не в первый раз, и все знали и помнили замечательного весельчака Шевченко, который так забавно умел отплясывать гопака и рассказывать уморительные байки. Послышался женский плач.

Вскоре все разошлись, сохраняя скорбное молчание. Паша и Леночка стали помогать Нюре убирать со стола, а Мария Сергеевна, академик Громов и кадровик Серебряков отправились в больницу. Леночке почему-то было страшно.

***

— Если они пошли на убийство, значит, Шевченко о чем-то догадывался. Но что он мог знать такого? — спросил писатель.

— Конечно, убийство — это крайний вариант действий,— ответил Пронин,— и они никогда бы не пошли на него, не имея на то серьезных оснований...

— Это значит, что началась та самая «активная фаза», о которой говорил Леночке Кайгородов?

Пронин молча кивнул и разлил в рюмочки коньяк из фляжки. Лев Сергеевич понял, что больше вопросов ему пока задавать не стоит.

Глава 4

«Z-КОМПОНЕНТ»

В воскресенье, ближе к полудню, Леночке позвонил Кайгородов. Девушка, еще не вполне пришедшая в себя после трагического события, известием о котором закончился субботний праздник, разговаривала с ним неохотно и даже немного зло.

«Неужели они не могут справиться без моей помощи? — спрашивала себя девушка ночью.— Ведь МГБ — такая сильная организация, неужели они не могут найти и обезвредить каких-то там шпионов?»

Их, шпионов, Леночка представляла какими-то мерзкими уродцами с перекошенными злобой лицами, непременно в темных очках, с длинноствольными пистолетами зловещего вида в руках и толстыми пачками денег в оттопыривающихся карманах кургузых пиджаков. Она, конечно, понимала, что враги выглядят несколько по-другому, чем их представляет она или, скажем, карикатурист Борис

Ефимов, но все-таки ощущение причастности к борьбе с абсолютным злом в ее еще совсем детской душе предполагало и наличие некоего абсолютного врага, который выглядел бы именно так, как должен выглядеть враг.

Ей было очень тяжело оттого, что она дала слово хранить тайну и ни с кем не могла поделиться своим секретом. А как бы она хотела рассказать все Павлику — вот он-то точно сразу бы нашел, чем помочь ей. Еще бы, ведь Паша три года служил в пограничных войсках, был мастером спорта по военному пятиборью. Да и вообще он был настолько близким, настолько родным, что его поддержка в этой ситуации была бы просто неоценимой.

Леночка даже решила, что спросит Кайгородова о том, чтобы вовлечь и Павла в общее дело, но когда их встреча состоялась, она была настолько взволнована, что напрочь позабыла об этом.

Итак, Кайгородов позвонил ближе к полудню в воскресенье. Их разговор был коротким: чекист поинтересовался здоровьем Леночки и спросил ее, может ли она сегодня с ним встретиться.

Девушка ответила согласием, и Борис Петрович назначил ей встречу в сквере возле Большого театра в семнадцать часов.

В четыре часа позвонил Павлик и предложил вечером сходить в кино:

— В «Ударнике» новая картина, цветная — «Дело Румянцева»,— сказал он.— Говорят, очень интересная. Билеты я беру на себя. Пойдем?

— Нет, Паша, я не могу,— ответила Леночка,— я договорилась с одногруппницами встретиться... Надо уже к сессии начинать готовиться...

— Ела, ну неужели один день для тебя что-то значит? — стал уговаривать ее Павел.— Ты ведь у меня отличница, для тебя эта сессия — элементарное дело... Пойдем, а?

— Для меня, может быть, и элементарное,— продолжала обманывать Леночка,— но некоторых наших девчонок надо подтянуть, а раз я пообещала, то отказать уже не смогу...

Павел понял, что все его уговоры бесполезны. Они поговорили еще о каких-то незначительных вещах и простились. Леночке уже надо было собираться на встречу с Кайгородовым.

Борис Петрович был точен. Он, как показалось Леночке,— а она пришла в назначенное место чуть раньше,— возник из ниоткуда, ровно в семнадцать часов.

— Добрый вечер, Елена Викторовна,— услышала Леночка знакомый голос и обернулась.

— Здравствуйте, Борис Петрович...

Чекист, как и в прошлую их встречу, был одет скромно, но с большой элегантностью. На этот раз на нем была летная куртка коричневой кожи, с железным замком-молнией, широкие шерстяные брюки с безупречными стрелками и, как всегда, ярко начищенные коричневые ботинки. От Бориса Петровича исходил едва заметный, очень приятный аромат какого-то незнакомого одеколона.

Им пришлось несколько минут побродить по аллеям — почти все скамейки были заняты людьми, пришедшими в Большой на какую-то премьеру, но когда в театр начали запускать зрителей, скверик опустел почти мгновенно.

Когда они устроились на скамейке, Борис Петрович первым делом спросил:

— Скажите честно, Елена Викторовна, наше задание вас тяготит?

Леночка посмотрела на него удивленно и сама задала ему вопрос, хотя знала, что так делать неприлично:

— Отчего вы так думаете?

Чекист достал портсигар, прикурил папиросу от изящной латунной зажигалки и, глубоко затянувшись ароматным дымом «Герцеговины Флор», ответил:

— Дело в том, Елена Викторовна, что наша работа,— Леночка заметила, что на слове «наша» чекист сделал особенный акцент, как бы показывая девушке, что они в «одной лодке»,— связана с большими психологическими нагрузками, и такие нагрузки выдержит не всякий. Нас — профессиональных контрразведчиков — готовят к этому долгие годы, а вы оказались на нашей «кухне» как-то очень неожиданно, будучи совершенно неподготовленной к этому...

Кайгородов выбросил недокуренную папиросу в урну и продолжил:

— Если честно, я изначально возражал против вашего вовлечения в это дело... Мы — очень сильная и могущественная организация, думал я, неужели мы не сможем обойтись без помощи этой хрупкой девушки?

Услышав эти слова, Леночка покраснела — чекист почти дословно воспроизвел ее ночные сомнения. Но, однако, хрупкой девушкой Леночка себя совсем не считала и в глубине души даже немного возмутилась такому определению.

— Уже потом я понял, что без вас нам никак не обойтись... Вы самый близкий человек для Марии Сергеевны, и поэтому ваша информация о том, что происходит вокруг нее, просто необычайно важна. Так скажите мне, Елена Викторовна, вас тяготит наше задание?

— Нет,— тихо ответила Леночка и добавила: — Я, конечно, чувствую себя не совсем обычно — мне всюду мерещатся враги... С другой стороны, я понимаю, что дело надо делать, это очень важно.

— Значит, я напрасно в вас сомневался,— одобряюще резюмировал Кайгородов, и лицо Леночки вновь залилось густой краской.

— Теперь к делу,— Кайгородов перешел на деловой тон.— Заметили что-нибудь необычное за последние дни, Елена Викторовна?

— Не знаю, насколько это серьезно,— Леночку вдруг начали обуревать сомнения в важности того, о чем она хотела рассказать Кайгородову, а свое «сообщение» к нему она репетировала не раз.— В общем, вчера был праздник по поводу какого-то там открытия и много всяких разговоров. Я обратила внимание на то, что доцент Григорович задавал слишком много вопросов...

Она остановилась и взглянула чекисту в лицо, боясь увидеть там легкую усмешку. Но лицо Кайгородова оставалось серьезным.

— Так, продолжайте,— сказал он.

— Я не совсем поняла, о чем они говорили,— ну, академик Громов, мама и Григорович. В их разговоре было очень много малопонятных химических терминов... Мы, конечно, изучаем химию, но... Да еще там было так шумно... В общем, я не поняла, о чем речь...

— А кто-то кроме вас прислушивался к этому разговору?

Этого Леночка, конечно, не заметила и внутренне укорила себя.

— Я не заметила... — честно призналась Леночка и опустила глаза.

— А вот расстраиваетесь вы, Елена Викторовна, совершенно напрасно,— сказал Кайгородов,— все мы учимся на таких ошибках, и никто от них не застрахован. Я думаю, что в следующий раз вы будете внимательнее...

— Да. Конечно,— порывисто ответила Леночка,— я буду внимательнее...

Кайгородов внимательно посмотрел на девушку и одобрительно кивнул.

— Я тоже не без греха,— сказал он,— надо было мне в нашу первую беседу кратко объяснить вам суть работы, над которой трудится коллектив института, возглавляемого академиком Громовым. Наверняка тогда бы вам было намного проще понять то, о чем говорили ваши гости.

— Но ведь это тайна,— с сомнением сказала Леночка.— Надо ли мне ее знать?

— Как видите, коль скоро работой института интересуются западные спецслужбы, это не такая уж и тайна... Рассказав вам об этой работе в общих чертах, я, пожалуй, не выдам секретов, а выполнение вашего задания намного упростится. Тем более что санкция руководства на это у меня есть...

— Хорошо. Тогда я слушаю.

— В связи с необычайно быстрым развитием техники за последние несколько десятков лет,— немного подумав, начал Кайгородов,— сегодня имеется острая потребность в новых технологиях, в том числе и связанных с химией. Точнее сказать, все технологии в какой-то мере связаны с химией — слишком уж универсальная наука... Так вот, особенно остро перед нашими военными сегодня стоит задача жизнеобеспечения экипажей высотных самолетов и больших подводных кораблей. Дело в том, что подводные лодки должны нести боевое дежурство в океане, не появляясь на поверхности очень длительное время. То же самое относится и к высотным самолетам — они должны находиться в воздухе порой несколько суток. Соответственно возникает проблема регенерации кислорода для экипажа. На столь длительное время запаса кислорода с собой не возьмешь — это очень большие объемы, да и сам кислород — вещество крайне взрывоопасное. Уже давно ученые создали устройства для регенерации воздуха из углекислого газа, но эти установки совершенно не отвечают современным требованиям — они громоздки, малопроизводительны и небезопасны. Коллективу ученых, в который входит и профессор Ковригина, партией и правительством поручена разработка вещества, на основе которого можно создать установку жизнеобеспечения совершенно нового типа...

Ковригин замолчал и закурил папиросу. Затянувшись несколько раз, он продолжил:

— И такое вещество было создано. По нашим сведениям, все попытки проведения подобных исследований, которые предпринимались на Западе, закончились полным провалом. Теперь вы понимаете, Елена Викторовна, как важно нам сохранить этот секрет, как важно не отдать в руки врага такое ценное открытие. Тем более его ценность повышается, если говорить о пилотируемых космических полетах...

— Как это? — удивленно спросила Леночка. Кайгородов усмехнулся и ответил:

— Действительно, сегодня это кажется фантастикой — человек в космосе... Но благодаря открытию наших ученых эта сказка станет реальностью в самое ближайшее время, я вас уверяю! Не через десять, не через двадцать лет, а в самые ближайшие годы!

— Даже не верится, что к этому причастна моя мама,— с затаенной гордостью сказала Леночка.

— Более того, Елена Викторовна, профессор Ковригина является одним из главных авторов этого открытия...

Кайгородов оборвал свою речь на середине фразы, как будто сказал что-то лишнее. Леночка деликатно сделала вид, что не заметила его оплошности.

— Скажите, Борис Петрович, а вчерашний трагический случай с Шевченко имеет какое-нибудь отношение к нашему делу?

Кайгородов ответил сразу, не раздумывая, даже слишком быстро, как будто он уже давно ждал этого вопроса:

— Нет, Елена Викторовна, случай с Шевченко — это действительно просто трагическая случайность... У подавляющего большинства пожилых людей — слабое здоровье, вам как медику это хорошо известно. Люди в таком возрасте, как это ни грустно, умирают довольно часто...

Леночка вспомнила Шевченко — Александр Юрьевич никогда не казался ей пожилым и тем более болезненным человеком. Она вспомнила, как в феврале, на праздновании дня рождения мамы, Шевченко и Павлик стали в шутку бороться на руках. В итоге это соревнование закончилось твердой ничьей, и потом Паша так высказал Леночке свои впечатления от этой борьбы:

— Силен, силен, Шевченко... Еще немного — и я проиграл бы, точно.

Поэтому Леночке показалось, что, говоря о Шевченко как о немощном, больном старике, Кайгородов врет, нет, даже не врет, а пытается что-то скрыть. Холодная пятерня страха на мгновение сжала ее горячее сердце.

* * *

— Почему Кайгородов ничего не сказал девушке про Шевченко? — спросил Овалов Пронина.— Или вы сами тогда еще не знали всей подоплеки происшедшего?

— А что мы, собственно, могли знать, Лев Сергеевич? «В условиях нарастания легочно-сердечной недостаточности наступила смерть» — таково было заключение дежурного врача больницы, в которую доставили Шевченко. Оснований не верить этому тогда не было... Да и не выглядело это странным — обычная житейская трагедия...

— Ничего себе «житейская трагедия»... Чекисты знают, что вражеская разведка вьет сети вокруг секретного института, а смерть начальника АХЧ — «обычная» трагедия... Ничего не понимаю, Иван Николаевич... Надо было, наверное, произвести более тщательную экспертизу...

Пронин глубоко вздохнул и ответил:

— Лев Сергеевич, экспертиза и без того была очень тщательной. Но она только подтвердила предварительные выводы — причиной смерти был обычный инфаркт...

— Так его убили или нет? — писатель вдруг понял, что запутался в сложных перипетиях этой истории.

— Убили. Его убили... — твердо ответил Пронин и стал доставать портсигар...
— Зачем?

* * *

После трагического случая и связанных с ним скорбных хлопот работа института постепенно возвращалась в прежнее русло. Утром в четверг профессора Ковригину вызвал Громов.

— Мария Сергеевна, зайдите ко мне, пожалуйста, у меня к вам очень серьезный разговор.

Голос академика звучал несколько устало, что было вполне понятно после событий последних дней.

У дверей в кабинет академика Мария Сергеевна встретила Серебрякова. Лицо кадровика было озабоченным, и Ковригина после обмена приветствиями спросила его:

— Что-то случилось, Андрей Ильич?

— А и не спрашивайте, Мария Сергеевна,— сокрушенно ответил Серебряков,— шеф с меня требует найти нового начальника АХЧ, в самый короткий срок. Заместитель Александра Юрьевича — человек молодой, неопытный... Теперь там полная неразбериха. Уж больно Шевченко любил все в своих руках держать... А хозяйственника такого уровня сегодня днем с огнем не сыщешь. Такая вот проблема...

— Да уж... — коротко посочувствовала Ковригина кадровику. Большим помочь ему она не могла.

Громов сидел во главе огромного стола и о чем-то напряженно размышлял. Сейчас он совсем не походил на того веселого и жизнерадостного человека, каким был на празднике у Ковригиной.

Он поднялся навстречу Марии Сергеевне, предложил ей стул, но сам садиться больше не стал. Академик стал прохаживаться из угла в угол, скрестив руки на груди.

«Нет, все-таки вот эти энергичные искорки в глазах,— подумала Ковригина, глядя на своего начальника,— они неистребимы, загасить их невозможно...»

Громов остановился напротив Марии Сергеевны и заговорил, тщательно взвешивая каждую фразу. А фразы эти действительно были «тяжелыми».

— Полчаса назад мне звонил министр. Нам поручено ускорить работы по подготовке опытно-промышленной партии «Z-компонента». Это необходимо сделать к августу, так как изготовление «Z-устройства» уже перешло в завершающую стадию. В общем, Мария Сергеевна, конструкторы нас торопят...

Слова академика не удивили Ковригину. Она прекрасно понимала немаловажное значение работы, которую осуществлял сейчас коллектив института, и как заместитель руководителя учреждения по научной работе в полной мере осознавала ответственность, возложенную на ученых партией и правительством.

— Не хочу показаться большим оптимистом,— спокойно сказала академику Ковригина,— но, на мой взгляд, препятствий к тому, чтобы несколько сжать сроки испытаний компонента, я не вижу... Я смотрела сегодня лабораторные данные за последние дни и могу сказать, что пока все идет так, как надо,— в рамках требований государственного заказа... Компонент по-прежнему сохраняет высокую устойчивость, тенденций к распаду нет, функции регенерации — в норме... Все стабильно, Владимир Николаевич, к августу партию мы приготовим, только...

— Что «только»? — взволнованно спросил Громов.

— Только бы поставщики нас не подвели, как в прошлом году...

— За это не волнуйтесь — этот вопрос курируется на самом высоком уровне... Да, чуть было не забыл, Мария Сергеевна,— на следующей неделе к нам приедет комиссия из техотдела флота — хотят посмотреть на результаты нашей работы...

— А не рано хвастаться? — с сомнением спросила академика Ковригина.— Как бы не сглазить...

— Слышу, слышу в этих словах влияние вашей Нюры... Откуда такое суеверие у представителя передовой советской науки?! — Громов рассмеялся своим раскатистым громоподобным смехом.— Переживают флотские товарищи,— закончив смеяться, серьезно сказал он,— хотят все своими глазами увидеть, да руками пощупать. Не верят пока, а оно и понятно...

— Ничего, поверят! — уверенно ответила на это Ковригина.

— Поверят! — столь же убежденно повторил академик Громов.

После разговора с Громовым Мария Сергеевна вернулась в свой служебный кабинет и попросила своего бессменного вот уже на протяжении семи лет работы в институте секретаря — Альбину Яковлевну — принести ей чаю. Профессор наслаждалась ароматом прекрасно заваренного напитка и внимательно просматривала результаты испытаний, которые недавно были доставлены из лаборатории.

Периодически она отрывалась от документов и по внутреннему телефону уточняла различные данные у своих сотрудников. В целом работа продвигалась очень хорошо — долгие годы кропотливых исследований и огромное количество государственных средств, вложенных в проект, начали приносить многообещающие плоды.

Время уже приближалось к обеду, когда Альбина Яковлевна, соединившись с кабинетом Ковригиной по внутреннему телефону, сообщила, что Марию Сергеевну вызывают по городской линии.

— Кто звонит? — спросила Ковригина.

— Товарищ Полунин, он так представился, говорит, что по важному делу,— ответила секретарь.

«Полунин, Полунин — кто такой?» — Мария Сергеевна мысленно перебрала в голове всех своих знакомых, но человека с такой фамилией так и не вспомнила.

— Хорошо, Альбина Яковлевна, соединяйте...

В телефонной трубке послышался легкий щелчок, и прозвучал мягкий мужской голос:

— Добрый день, Мария Сергеевна... Меня зовут Трофим Ильич Полунин. Извините, что беспокою вас на работе, телефон дала мне ваша домашняя работница...

— Здравствуйте, товарищ Полунин, чем могу быть вам полезна? — сухо ответила Мария Сергеевна.

— Дело в том,— казалось, человек на том конце трубки слегка замялся,— что я был хорошо знаком с вашим мужем, Виктором Степановичем... Мы вместе служили. И тогда, в сорок втором...

Ковригину настолько потрясло сообщение Полунина, что она несколько секунд не могла ничего сказать. Фронтовая одиссея Виктора оставалась для нее тайной за семью печатями — и каждая весточка из той жизни мужа была для Марии Сергеевны дороже всего на свете. И вот неожиданно появился человек, который служил вместе с Виктором, общался с ним и, возможно, даже дружил с Витенькой, которого Ковригина любила и помнила все эти годы.

— Мария Сергеевна, вы меня слышите? — тихо спросил Полунин.

— Да, конечно, Трофим Ильич... — Ковригина едва смогла справиться с дрожью в голосе.— Все это так неожиданно... Из фронтовых друзей Виктора я почти никого не знаю...

— Я все понимаю, Мария Сергеевна... Поэтому и позвонил. В последние часы жизни Виктор просил, что если случится мне оказаться в Москве, обязательно связаться с вами и рассказать о нем. Если вас это интересует... — в голосе Полунина зазвучало сомнение.— Ведь столько лет прошло...

— Да, конечно, конечно... Нам надо обязательно встретиться. Вам удобно сегодня вечером?

— Когда и где? — спросил Полунин.

— Я заканчиваю работу в семь часов... Давайте встретимся с вами в кафе «Домино», это на Тверской, знаете? Там тихо, и мы сможем спокойно поговорить. В половине восьмого вас устроит?

— Я знаю это заведение, и время вполне подходящее,— ответил Полунин.— Тогда до встречи, Мария Сергеевна...

Мария Сергеевна приехала в «Домино» чуть раньше назначенного времени, отпустила машину, которая была предоставлена в ее распоряжение институтом, заняла столик, сделала заказ улыбчивой официантке в белоснежной наколке и в ожидании стала смотреть на дверь.

В это время в кафе было немного народа — здесь не подавали спиртного, и поэтому веселые компании обходили его стороной. За несколькими столиками сидели мамаши с детьми, поедавшими мороженое и пирожные, которыми так славилось «Домино».

Мария Сергеевна не зря выбрала для встречи именно это кафе. Когда-то давно — так давно, что она уже начинала сомневаться в реальности происходившего в то время, они с мужем часто бывали здесь. Именно здесь Виктор Степанович сделал ей предложение — вон за тем столиком возле окна, где пухлый карапуз под назидательные комментарии молоденькой симпатичной мамы, пачкая губы густым кремом, с удовольствием поедал огромный кусок торта.

Потом, когда появилась Леночка, они дважды ходили сюда уже втроем.

«Как же давно это было,— думала Мария Сергеевна,— как мы были молоды, и как страшно и быстро все вдруг оборвалось». Воспоминания уже не вызывали у нее слез — все слезы она уже давно выплакала долгими одинокими ночами.

Между тем колокольчик на двери, извещавший о появлении нового посетителя, мелодично прозвенел, и в кафе вошел невысокий полноватый мужчина лет пятидесяти, в длинном сером пальто и серой шляпе с узкими полями. Он снял шляпу, расстегивая пальто, окинул взглядом зал и направился к столику, за которым сидела Ковригина.

— Здравствуйте, вы Мария Сергеевна? — негромко спросил он.

— Да, это я... — просто ответила Ковригина.— Вы Полунин?

Мужчина кивнул, спросил разрешения присесть, повесил пальто на вешалку и сел на стул напротив Марии Сергеевны.

Лицо его казалось самым заурядным, совершенно незапоминающимся. Не придавали ему индивидуальности и усики-щеточки над верхней губой.

«Только глаза у него какие-то цепкие,— подумала Мария Сергеевна,— проницательные. Не боится смотреть прямо». Люди с таким взглядом всегда внушали Ковригиной уважение.

К новому клиенту подошла официантка, и Полунин заказал чаю.

— Только, пожалуйста, покрепче, девушка,— сказал он официантке и извиняющимся тоном объяснил Марии Сергеевне: — Я, знаете ли, коренной тобольчанин. Сибирская привычка — люблю, знаете ли, крепкий чай...

Полунин, несмотря на свою зауряднейшую внешность, почему-то понравился Марии Сергеевне, как-то сразу ее к себе расположил.

— Не знаю, с чего и начать, Мария Сергеевна,— немного смущенно сказал Полунин,— так долго готовился к этой беседе и не знаю с чего начать...

— Начните сначала, Трофим Ильич,— тихо ответила Ковригина.

— Хорошо.— Полунин, не дожидаясь, пока чай остынет, сделал несколько жадных глотков и хрустнул колотым сахаром. — По профессии я снабженец, хозяйственник. Долгое время проработал в Министерстве транспортного строительства. И бронь у меня была, но я добровольцем ушел на фронт осенью сорок первого. Тогда наша армия стояла в Коврове. Я попал в артиллерию. В Коврове мы и сошлись с Виктором. Потом, в бою, когда у нас комиссар погиб, его место занял Ковригин, а я — как коммунист — его правой рукой был. Вместе кровь проливали, вместе бойцов поднимали в атаку.— Мария Сергеевна подавила глубокий вздох, а глаза ее повлажнели.— Ну, а под Москвой, в страшную стужу, ранили Виктора в первый раз.

— Как это произошло? — взволнованно спросила Ковригина.

— Мы тогда большие потери несли. Помните про политрука Клочкова? Велика Россия, а отступать некуда. Это ведь про нас сказано. Дело военное. Осколочное ранение, санбат... Ну, выходили Виктора. Он снова к нам. Батарея к батарее воевали. Не знаю, почему он ко мне так проникся, но вот стали мы с ним частенько встречаться, разговаривать... Он был очень интересным собеседником...

Ковригина слушала, не перебивая, внимательно глядя на Полунина.

— А потом, в этот проклятый день в августе сорок второго, захлебнулось наше наступление. Мы отступали, охраняя орудия. Под Софронихой — есть такая деревушка в Харьковской области — налетели на нас фрицы-то. Атаку вражескую мы отбили, но Виктор грудью полез под пули, защищая орудие... Пламенная душа! Так и принесли его в избу — еще живого. Я до последней минуты с ним рядом был. Очень он вас любил. И дочку Леночку... Просил передать, чтобы вы знали: умирает за Родину и с вашим именем в сердце.

Ковригина с трудом сдерживала слезы.

— Почему вы не писали мне?

— Больно было вспоминать о Викторе. Да и стеснительное дело, слезное... Все не решался. Простите. Мы же с ним плечо к плечу... Целый год, считайте, неразлучны были. А на фронте год за три, что за три, за десять лет идет!.. Он для меня на всю жизнь примером стал, каким должен быть человек. Мужчина. Прямой, терпеливый. Тихий, но героический Виктор.

Было видно, что Полунину тяжело вспоминать все это, его голос становился все глуше и глуше.

— Еще он подарил мне вот это,— Полунин достал из кармана пиджака небольшой латунный портсигар, украшенный незамысловатой гравировкой, и протянул его Марии Сергеевне.— Это трофей. Немецкая работа. Он с ним с осени сорок первого был. Виктор Степанович в нем и папиросы носил, а случалось — и просто махорку сыпал...

Ковригина осторожно взяла вещицу, почувствовав руками холод металла, понюхала портсигар, пытаясь расслышать запах папирос Виктора.

— Портсигар этот, Мария Сергеевна, оставьте себе — хоть какая-то будет вам память о муже. Он был очень хорошим человеком... И героем, настоящим героем. Если бы не такие, как он...

— Я знаю.— Ковригина несколько минут сидела молча и разглядывала портсигар.

— Расскажите о себе,— попросила Ковригина Полунина через некоторое время, просто так, чтобы отвлечься от грустных мыслей.— Чем занимаетесь в Москве?

— Да вот, приехал в длительную командировку, по делам снабжения. Мы ведь, как Фигаро — подай, принеси. В Москве многое приходится добывать. Вот меня на месяц и зафрахтовали. Только сегодня решился вам позвонить... Обратился в «Горсправку» — там дали ваш домашний телефон... Сейчас вот жду нового назначения, но, если честно, ехать куда-то мне не очень хочется — здоровье уже не то, да и возраст... Сами понимаете.

— Извините, Трофим Ильич,— вы говорили уже, но я не запомнила... Вы строитель по профессии?

— Нет, Мария Сергеевна, я хозяйственник, снабженец... Еще до войны закончил военное училище тыла, на фронте тоже этим делом занимался... Потом по ранению был демобилизован и так и пошло, поехало...

— Понятно,— задумчиво произнесла Ковригина... — А, скажем, сможете вы руководить административно-хозяйственной частью какого-нибудь учреждения?

Полунин слегка улыбнулся:

— Абсолютно любого учреждения. В нашей сфере система деятельности довольно однообразна — отличие только в специфике...

— Дело в том,— начала объяснять Ковригина,— что в институт, в котором я работаю, сейчас как раз требуется такой человек...

— Институт? — с легким разочарованием в голосе, как показалось Ковригиной, переспросил Полунин.— Колбочки, реторточки, чернила и бумажки — нечто в этом роде?

— Да, примерно в этом роде, только в очень немалом масштабе. У нас в учреждении работают больше семисот сотрудников,— есть несколько корпусов, лабораторные здания. Сейчас строится новый корпус в Подмосковье...

— Солидный размах, ничего не скажешь! Меня это заинтересовало — скажу честно, Мария Сергеевна. Родные места, конечно, ничто не заменит, но давно хотел попробовать себя, так сказать, на столичном уровне.

— Хорошо, тогда позвоните мне завтра в двенадцать часов, я к тому времени переговорю с нашим кадровиком. И если не передумаете, то завтра с ним и встретитесь — обсудите условия.

— А вы, я вижу, Мария Сергеевна, никогда о своей работе не забываете,— одобрительно заметил Полунин.

— Как же иначе, Трофим Ильич? Работа — это мой второй дом.

* * *

— Да... Теперь-то я понимаю, Иван Николаевич, всю безупречность разыгранной ими комбинации,— сказал Овалов.— Получается, что через Нюру враги узнали все что надо и с помощью этих сведений посадили на место убитого Шевченко своего человека... Безупречно сработали господа...

— Не скажите, Лев Сергеевич,— Пронин был настроен довольно скептически.— Представьте себе хоть одну неувязку в этой цепочке — и всем их планам конец. Просто пока им крупно везло...

— Что-то уж больно системное везение... Где же ваши ребята, почему они не вмешиваются в процесс? Где Кайгородов?

— Всему свое время, Лев Сергеевич, не торопись, дорогой ты мой писатель-лауреат, орденоносец...

Глава 5

ЗАТИШЬЕ ПЕРЕД БУРЕЙ

В пятницу утром главный редактор отправил Павлика в командировку — нужно было срочно съездить в подмосковный совхоз «Красный партизан» и сделать репортаж о работе передовой молодежной бригады.

К подобным поездкам Павел уже давно привык и никогда не отказывался от них, в какое бы время года они ни происходили. Он очень сдружился с водителем редакционного «газика» — Серегой Бобровым, умным и веселым парнем, который заочно учился в экономическом институте, а водителем работал, потому что любил это дело.

— Люблю новые впечатления,— объяснил он как-то Паше, широко улыбаясь.— Вот еду с тобой в командировку — и знаю, что непременно увижу сегодня что-то новое.

— А ты знаешь, Сергей,— согласился с ним Паша,— я ведь журналистом именно поэтому стал —

чтобы больше с разными людьми общаться, получать новые впечатления, это здорово!

Не только на любви к путешествиям сошлись два этих молодых человека — как и Паша, Серега отслужил три года пограничником в Прибалтике и даже участвовал в задержании опасного нарушителя, за что был награжден медалью «За отвагу».

О своих подвигах редакционный водитель распространяться не любил, и даже Паше не удалось «раскрутить» его на рассказ.

Они недолго попетляли по улицам просыпающейся Москвы, еще мокрым от прошедшего ночью дождя, и наконец выехали на Тульскую трассу.

Темно-синий «газик», усердно тарахтя своим мотором, постепенно преодолевал километры пути. Ровная, недавно проложенная асфальтовая дорога расположила молодых людей к разговорам.

— Как учеба? — спросил Павел Сергея.

— Да знаешь, местами... Есть, конечно, у меня и «хвосты», но я справлюсь, это точно!

— А что так?

— Да сам понимаешь, Паша,— весна. Девушки красивые вокруг, музыка играет на каждом углу — какая здесь учеба... — Бобров широко улыбнулся, не отводя взгляда от дороги.

Павел был абсолютно согласен с Сергеем — когда он был студентом, придерживался таких же взглядов. Ему вспомнилась Леночка, его обожаемая Елка. От внимания Павла не ускользнуло, что она в последнее время стала какой-то напряженной, нервной. Причин этому он не находил.

— О чем задумался, Паша? — спросил журналиста Сергей.

— Да так... — неопределенно ответил Павел.

Тем временем они съехали с асфальта на гравийную дорогу, и их движение стало менее комфортным. Сергей полностью сосредоточился на управлении.

— Слышишь, что это стучит? — вдруг встревоженно спросил он Пашу.

Паша прислушался, но ничего необычного в шуме работы автомобиля не услышал.

— Да нет вроде... — неуверенно сказал он.

— А, значит, показалось...

Тем не менее Серега еще в течение нескольких минут продолжал внимательно вслушиваться в машину.

За окном замелькали бескрайние поля, окутанные легкой дымкой,— на них копошились стальные букашки тракторов.

До центральной усадьбы совхоза «Красный партизан» села Костылево оставалось всего каких-то пять-шесть километров, когда мотор «газика» неожиданно зачихал и заглох.

— Вот черт,— выругался Бобров,— говорил же я главному, что надо на ремонт становиться,— и вот, нате, как в воду глядел!

Он выскочил из машины, ловко перепрыгивая между колеями, накатанными на дороге гусеницами тракторов, откинул крышку капота и стал пристально вглядываться внутрь, что-то подкручивая.

Паша вышел следом и, размяв затекшие плечи, подошел к Боброву и спросил:

— Ну, что случилось, Сережа?

— Слушай, ничего не понимаю — вроде все в порядке...

Вдруг Боброва осенило, и он бросился к борту машины, где находилась крышка бензобака.

Через несколько секунд Паша услышал громкие «стенания» редакционного водителя:

— О, горе мне, горе! — кричал Сергей.— Какой я дурак — забыл заправиться! Паша, представляешь,— у нас горючка на нуле!

— Так она у тебя всегда на нуле, сам же говорил, что бензосчетчик у тебя сломан,— сказал Паша, улыбаясь.— Ладно кричать, что делать-то будем?

Серега почесал затылок. Его лицо выражало полное недоумение.

В багажнике машины имелась запасная канистра, но и она была пуста. Оставалось только одно: идти до ближайшего работающего в поле трактора и искать горючее там. Но и этот вариант был довольно сомнительным — трактора работали на дизельном топливе.

На дороге послышался шум мотора, и вскоре из-за поворота показался колесный трактор странного вида — с «зализанным» обтекаемым капотом и застекленной кабиной. Серега махнул рукой, и «чудо техники» остановилось рядом с редакционным автомобилем.

Дверь кабины распахнулась, и оттуда показалось улыбчивое курносое девичье лицо.

— Чего вам, ребята? — спросила белокурая девушка, не заглушая мотора трактора.

Сережа подошел поближе и смущенно сказал молоденькой трактористке:

— Да вот, девушка, бензин у нас кончился... Вы, случаем, не богаты?

— Имеется, имеется бензин,— рассмеявшись, ответила девушка.— Что это вы, москвичи, без бензина ездите?

— Да вот, заправиться забыли.— Смех девушки еще больше смутил Боброва.

Девушка заглушила мотор, порылась в кабине и вскоре вылезла оттуда, держа в руке двадцатилитровую канистру. Сережа бережно принял протянутый ему груз и сразу начал заливать бак «газика», приговаривая при этом:

— Эх, девушка, вот молодец, выручила нас...

Трактористка тем временем бегло осмотрела свою машину и, все так же широко улыбаясь, спросила Павлика:

— Куда направляетесь, если не секрет?

— Мы из «Комсомольской правды», едем в совхоз «Красный партизан» писать о работе бригады Москаленко. Знаете такого?

Девушка громко рассмеялась, в ее глазах мелькнули озорные искорки. Паша невольно улыбнулся ей в ответ.

— Значит, на ловца и зверь бежит,— сказала девушка.— Я и есть Оксана Москаленко — бригадир комсомольско-молодежной бригады совхоза «Красный партизан». А мы вас ждем, вот я в правление вас и поехала встречать. А у вас, значит, бензин кончился...

Оксана снова озорно улыбнулась и протянула опешившему Павлу руку. Ее рукопожатие было по-мужски крепким.

Сергей тем временем закончил заправляться и, поставив пустую канистру возле трактора, подошел к Оксане. Паша представил своего водителя, и Бобров сразу спросил девушку, указывая на ее трактор:

— Скажите, Оксана, а что это у вас за машина такая? Раньше я таких не видел...

— Трофей,— ответила девушка с гордостью в голосе,— трактор немецкой фирмы «МАН», из Германии к нам его пригнали. Уже, почитай, полтора десятка лет старичку, а вот бегает — и ничего ему не делается.

— Да, раритет,— уважительно заметил Бобров.

— Ну что, поехали, товарищи журналисты? — спросила девушка парней и, не дожидаясь ответа, подхватила канистру и ловко запрыгнула в кабину своего «трофея».

— Подождите, Оксана,— остановил ее Павел,— давайте я вас с вашим «немцем» сфотографирую на фоне полей.

Девушку смутило это предложение, но журналист настоял на своем и достал из «газика» свой новенький «ФЭД».

— Ну что вы, Оксана, улыбнитесь,— просил он девушку, с которой вдруг слетело все веселье. Она как столб замерла у колеса трактора и, смешно выпучивая глаза, смотрела в объектив.

— Товарищ Бобров,— обратился Павел к наблюдающему за процессом фотосъемки Сергею,— приказываю вам рассмешить товарища Москаленко.

— Есть,— серьезно ответил водитель и громким голосом скомандовал: — Так, товарищ бригадир, приказываю улыбаться!

Этой команды вполне хватило, чтобы прежняя веселость вернулась к девушке. Ее курносое круглое лицо вновь озарилось улыбкой, и Паша сделал несколько замечательных снимков.

— Боевая девушка,— одобрительно сказал Бобров, когда друзья уже сидели в «газике».

Паша был полностью с ним согласен. Они поехали вслед за трактором Оксаны, и уже через несколько минут показалась окраина Костылева. Село произвело на москвичей приятное впечатление: центральная улица был заасфальтирована, дома работников совхоза выглядели очень добротно. Жителей было почти не видно — наверное, были на полях — несколько дней назад началась посевная.

Паша заметил идущего им навстречу молодого человека в замасленной телогрейке, который, увидев трактор Оксаны, явно попытался незаметно скрыться в переулке. Девушка резко остановила трактор, высунулась из кабины и что-то прокричала парню, подзывая его рукой.

Сергей остановил «газик» возле бригадирского «МАНа», и они с Пашей вышли из машины.

К трактору бригадира понуро подошел высокий худощавый парень с трехдневной щетиной на лице. Не поднимая глаз, он хрипло спросил Оксану:

— Ну, чего надо?

— Усольцев, ты почему на работу не вышел сегодня? — строго спросила девушка.

— Ну, заболел... — ответил небритый.

— Знаю я твои болезни! Ну-ка дыхни,— Оксана соскочила с подножки и подошла вплотную к Усольцеву.

— Чево это? Сказал же — болею.— Усольцев отступил назад.

Но тяжелый запах перегара, исходивший от него, почувствовали даже Павел с Сережей, которые стояли метрах в пяти от загулявшего механизатора.

— Вот, товарищи, смотрите,— возмущенно сказал девушка, обращаясь к Сергею и Паше,— полевые работы в самом разгаре, а этот здесь пьет! Сколько раз я уже говорила на собраниях, чтобы в рабочее время в сельпо запретили торговать спиртным, ан нет, все никак не можем прикрыть этот рассадник пьянства!

Пока Оксана делилась своим возмущением с ребятами из «Комсомолки», пройдоха Усольцев незаметно скрылся в ближайшем переулке.

— И много у вас таких, как этот Усольцев? — спросил Павел бригадира.

— В семье не без урода,— сокрушенно ответила Оксана,— а вообще-то он парень неплохой, работает очень хорошо, но вот пьянство... Сложно нам с этим бороться!

По дороге в правление они еще раз остановились. На этот раз возле одноэтажного кирпичного здания с выцветшей от времени бело-голубой вывеской «Магазин сельхозпотребкооперации».

Оксана зашла внутрь, следом за ней в притянутую на мощной пружине дверь магазина вошли Сережа и Павел.

Антонина Григорьевна Меринова, продавщица «Магазина сельхозпотребкооперации» села Костылево, а заодно и его заведующая, до прихода нежданных визитеров пребывала в мире романтических грез.

Недавно она вернулась из поездки в Красноводск, где проживала ее сестра, и в поезде на обратной дороге она познакомилась с мужчиной, который привлек ее не своей красотой и мужественностью, а надо сказать, что внешность у него была самая обычная, но своим покладистым характером и веселым нравом. Мужчина представился ей как Трофим Ильич Полунин, по профессии — хозяйственный работник. Они ехали в одном купе и за время пути успели сдружиться, а Антонина Григорьевна, которая в свои сорок семь лет все еще мечтала о простом семейном счастье, рассчитывала, что, может быть, эта дружба перерастет и в нечто большее.

Вчера наконец-то, Трофим Ильич позвонил на почту, куда Антонину вызвали в срочном порядке, и назначил на завтра свидание в Москве, куда из Костылево можно было добраться за полтора часа с ближайшей железнодорожной станции.

— Сходим в ресторан, Тонечка, в театр,— сказал ей Трофим Ильич,— я покажу вам свою квартиру...

В общем — выходные сулили вылиться в замечательный праздник.

Входная дверь резко распахнулась, впустив внутрь струю прохладного апрельского воздуха, и в магазин буквально влетела Оксана Москаленко. Следом за ней показались два интересных молодых человека, явно городского вида.

Антонина Григорьевна встала со стула и, лениво опершись на прилавок, устало спросила:

— Чего вам, молодые люди?

— Опять вы водкой в рабочее время торгуете, тетя Тоня?! — возмущенно спросила девушка.— Есть же постановление правления, или оно вас не касается?

Антонину Григорьевну очень обидело обращение «тетя», произнесенное при незнакомых молодых людях, и она ответила девице:

— А план мне твое правление делать будет? Нет такого закона, чтобы ограничивать продажу спиртного! И правление мне не указ — у меня в торге начальство сидит!

Девушка повозмущалась еще, но Тоня, будучи «ветераном» торговли, отмахнулась от нее, как от надоедливой мухи.

— Покупать будете что-нибудь? — равнодушно спросила она.— Нет? Так и не задерживайте народ, гражданочка!

Наглость продавщицы была способна загасить любое возмущение, и Оксана это поняла.

— Видите, товарищи, какие несознательные люди у нас порой еще встречаются! — возмущенно обратилась она к Павлу и Сереже.

Те, глядя на продавщицу, согласно кивнули.

Антонина напомнила Паше одного из карикатурных персонажей, которые так часто печатают в «Крокодиле», критикуя недостатки советской торговли. Антонина Григорьевна была сухощавой женщиной с симпатичным лицом, которое, однако, было неестественно ярко накрашено. Еще Паша обратил внимание на руки продавщицы — у нее были большие красные кисти со слегка скрюченными пальцами и ядовито-красный лак на ногтях. Безымянный палец левой руки «украшал» большой безвкусный золотой перстень, который, казалось, врос в нижнюю фалангу пальца.

Компания добралась до правления ближе к полудню, в самый разгар трудового дня. В кабинете председателя колхоза — Константина Григорьевича — Оксана опять начала высказывать свое возмущение:

— Товарищ председатель! Это что же происходит — в сельпо опять днем торгуют водкой, у меня из-за этого народ на работу не выходит! Неужели ничего нельзя с этим сделать?

Председатель, смущенный присутствием московского журналиста, прокашлялся и тихо ответил разбушевавшемуся бригадиру:

— Успокойся, Оксана... Что о нас в столице там подумают... Не кричи, я звонил в торг, там обещали разобраться, принять меры. Не все сразу делается,—

он повернулся к Павлу: Вы не думайте, товарищ репортер, что у нас тут прямо повальное пьянство... Случается, загуляет человек, но это — частный случай. В общем и целом работа у нас идет хорошо...

— Это заметно по вашему селу — все чисто, аккуратно... И люди у вас боевые, можно сказать, вот, например, бригадир Москаленко,— сказал Павел.

Оксана зарделась от таких слов, а председатель широко улыбнулся и сказал Паше:

— В корень смотрите, товарищ репортер! Вот о ком писать надо! Оксана у нас техникум с отличием закончила, сейчас в Мичуринской академии заочно обучение продолжает. По всем показателям ее бригада — лучшая в совхозе, а под началом у нее как-никак десять девчат и семь парней. Вот какие примеры нам надо освещать!

— Да я, собственно, за этим и приехал, Константин Григорьевич,— ответил Паша.

— А вот и правильно! Вот и поезжайте сейчас на поле с Оксаной, пусть она вас со своими ребятами познакомит — хорошие все ребята, как на подбор. Там и пообедаете у них на полевом стане, почувствуете, так сказать, нашу совхозную жизнь...

* * *

— Ну, как шарада, Лев Сергеевич? — спросил Пронин писателя.

— Да уж — крепкий орешек... Так и не понял я, какое отношение имеет эта поездка Павла к остальной истории...

— Косвенное, но очень важное, Лев Сергеевич.

Пронин взял со стола фляжку и встряхнул ее. В ней еще был коньяк.

— Очень важное значение, Лев Сергеевич,— повторил Пронин.

— У тебя все построено, как в настоящем детективе,— задумчиво заметил Овалов.— Пока ничего не понятно...

—...но все ниточки сойдутся в конце,— закончил чекист фразу писателя.

* * *

На работу в институт новый начальник АХЧ Трофим Ильич Полунин вышел в четверг — ровно через неделю после первой встречи с профессором Ковригиной. Этой недели кадровой службе вполне хватило на то, чтобы проверить кандидата со всех сторон. В проверке нового сотрудника участвовал и представитель госбезопасности, который по долгу службы обязан был проверять всех вновь прибывших.

Анкетные данные Полунина не вызвали никаких вопросов, и в среду Громов подписал приказ о назначении нового начальника АХЧ.

— Как он? Что скажешь, Андрей Ильич? — спросил кадровика академик.— Справится?

— Я навел справки о нем с прежнего места работы... Полунин зарекомендовал себя как исполнительный и ответственный работник,— ответил Серебряков.— Они там, если честно, Владимир Николаевич, очень сокрушались, что упустили такого сотрудника. Так что он, думаю, справится.

— Ну а человек он какой? — Громов привык знать о своих сотрудниках как можно больше.

— Как сказать, Владимир Николаевич... Поживем — увидим... Вообще-то его порекомендовала Мария Сергеевна, он ее старый знакомый...

— Ковригина? — академик уважительно тряхнул шевелюрой.— Ну, тогда вопросов больше не имею...

Новый начальник АХЧ рьяно принялся за дело. Для начала, в процессе приемки дел, он велел своим помощникам поднять все отчетные документы за прошедшие полгода и, обложившись толстенными гроссбухами, принялся за проверку своего хозяйства. На это у него ушло несколько дней. После «бумажной» части работы и уяснения масштабов доверенного ему дела Полунин взялся за проверку всех подотчетных ему складов и кладовых, которых в его хозяйстве было немало,— институт ежедневно «поглощал» в своих недрах десятки килограммов бумаги, чернил, карандашей и прочей канцелярской мелочи. Помещения учреждения постоянно требовалось убирать, а в уборных должны были быть туалетная бумага и мыло. А лампочки? Обычных электрических лампочек в институте было несколько тысяч штук, и каждая перегоревшая требовала немедленной замены, с непременным занесением этого факта в отчетность... И это только малая доля того, что должен был контролировать начальник АХЧ. К этому надо еще добавить, что в подчинении Полунина оказалось более трех десятков работников — кладовщиков, уборщиц, техников, кочегаров и слесарей.

В институте было три корпуса, располагавшихся в пределах Москвы, и большой лабораторный комплекс, находившийся за городом, недалеко от железнодорожной станции Рассадино. Этот комплекс начальник службы АХЧ посетил в последнюю очередь.

Полунин на служебном автомобиле, который полагался ему по должности, миновал контрольно-пропускной пункт и, позвонив по внутреннему телефону, вызвал сопровождающего — заведующего хозяйственной службой лабораторного комплекса Евсеева.

— Ну, товарищ Евсеев, показывай свое хозяйство! — сказал Полунин, обводя внимательным взглядом просторный двор лабораторного комплекса.— Рассказывай, чем вы здесь живете-дышите, как дела у вас обстоят...

Следом за заведующим хозслужбой Трофим Ильич прошел в помещение хозяйственного блока. Они шли по слабо освещенному коридору, направляясь в кабинет Евсеева.

— А что это у тебя здесь света так мало? — спросил Полунин, глядя на единственную слабую лампочку, тускло горящую под потолком.

— Да разве за всем уследишь, Трофим Ильич, тут такое хозяйство... — ответил нерадивый подчиненный.

— Так а ты зачем здесь поставлен, товарищ Евсеев? — возмутился начальник АХЧ.— Озадачь электрика, пускай следит за этим...

— Сделаем, Трофим Ильич,— тихо ответил Евсеев.

У двери в кладовую стояли несколько человек в белых халатах, которые, завидев Евсеева, бросились к нему, наперебой чего-то требуя.

— Товарищ Евсеев, в третью три пачки бумаги!

— Товарищ Евсеев, дайте указание разобраться с пробками в шестой лаборатории — нет никакой возможности работать!

— Подождите, товарищи ученые! — грубо оборвал просителей начальник хозслужбы.— Видите — ко мне начальство прибыло. Не до вас сейчас, подходите позже!

Евсеев открыл дверь в свой кабинет и остановился рядом, намереваясь пропустить внутрь Полунина. Но тот вовсе не собирался заходить.

— Ты что? — возмущенно сказал он Евсееву.— Ты для начальства здесь работаешь? У людей работа стоит, а ты их «на потом» отсылаешь? Ты для чего здесь поставлен, товарищ Евсеев?

Получив неожиданную поддержку, «просители» одобрительно загомонили:

— У нас здесь всегда так, товарищ!

— Ничего невозможно добиться!

Полунин внимательно выслушал говоривших, потом жестом велел им замолчать и грозно сказал Евсееву:

— Так. Разберись здесь со всеми, а я сам здесь похожу, осмотрюсь...Безобразия устранить. А к тебе, товарищ Евсеев, попозже еще загляну. Поговорим.

Расстроенный и слегка напуганный кладовщик поспешил выполнять указания начальства — голос Полунина не сулил ему ничего хорошего.

Полунин достал из портфеля объемистый блокнот в клеенчатой обложке, самопишущее перо и стал не торопясь обходить корпуса лабораторного комплекса, отмечая в блокноте все, что касалось его непосредственной деятельности. А сделать нужно было много — вскоре записи, сделанные убористым мелким почерком, заняли три страницы блокнота.

Когда Трофим Ильич вошел в коридор третьего лабораторного корпуса, возле двери он столкнулся с невысоким лысоватым мужчиной в очках с толстенными линзами. Мужчина внимательно посмотрел на Полунина и строго спросил, чуть картавя:

— Вам чего, товарищ? Кого-то ищите?

— Нет,— ответил Полунин.— Я новый начальник АХЧ — вот, хожу, изучаю фронт работ, так сказать...

— А... — губы «картавого» расплылись в добродушной улыбке.— Очень приятно! Я — Колобанов Алексей Алексеевич — начальник лабораторного комплекса.

— Очень приятно, Алексей Алексеевич,— Полунин протянул Колобанову руку: — Полунин Трофим Ильич. Хорошо, что я вас встретил. Есть вопросы...

— Слушаю вас, Трофим Ильич,— лицо Колобанова приняло озабоченное выражение.

— Вижу я, не все спокойно «в королевстве датском» — Евсеев дело из рук вон плохо ведет... Надо было сообщить мне — сейчас ходил и ужасался: уборные не прибраны, стекла кое-где повыбиты, стены обшарпанные, в коридорах темно... Как люди в таких условиях работают — непонятно...

— Да, да,— сокрушенно согласился Колобанов,— с Евсеевым вот так всегда было. Прежний начальник — Александр Юрьевич — его все-таки в руках держал, а сейчас он что-то совсем распустился. Я даже подумывал представление Громову на его увольнение писать... А с другой стороны, хоть Евсеев сейчас есть, а уволим — кто работать будет? Хозяйство у нас большое, ответственное, разобраться во всем очень непросто...

— Я долго работаю хозяйственником, Алексей Алексеевич,— ответил Полунин.— И за время службы понял, что увольнение нерадивых сотрудников — неверный метод работы, несоветский. Уволим его отсюда, а он устроится в другом месте и там начнет то же самое творить. Получится, что мы свою проблему на чужую голову скинем... Так нельзя! Перевоспитывать надо людей, учить работать... Вот даю вам слово, что через месяц не узнаете вашего Евсеева, лично им займусь...

— Да, да,— согласился Колобанов, но в голосе его явно звучали нотки сомнения.— Хорошо, если бы так...

— Не сомневайтесь, Алексей Алексеевич,— Полунин откашлялся и спросил Колобанова: — Вы сейчас сильно заняты? Может, проведете со мной экскурсию, а то я, если честно, могу заблудиться...

— Конечно, конечно, Трофим Ильич, пойдемте!

Они вышли наружу и пошли по территории лабораторного комплекса. Время от времени Колобанов останавливался и, показывая рукой на то или иное сооружение, давал комментарии:

— Это пятый и шестой корпуса, здесь наши специалисты работают с полимерами — очень важная вещь для народного хозяйства, знаете ли... Там три корпуса по разработке химических удобрений и пищевых добавок... Здесь котельная, а этот большой ангар — хранилище веществ, необходимых для проведения экспериментов... Хозблок... Столовая... Административное здание...

Полунин внимательно слушал Колобанова, делая пометки в своем блокноте.

— А это что за бункер? — спросил он начальника лабораторного комплекса, указывая на серую бетонную крышу, возвышавшуюся над землей не более чем на полметра. Над ней, словно грибы, возвышались трубы вентиляторов.— Бомбоубежище?

— Нет,— тихо ответил Колобанов,— это корпус «Семь-бис». Хозяйство Марии Сергеевны Ковригиной... В общем, там такие дела творятся, что нам с вами, Трофим Ильич, лучше об этом и не знать. Этот корпус живет отдельной жизнью, там своя охрана, свои, так сказать, законы. Но, конечно, тепло, электричество, экспериментальные материалы они получают с общей базы.... Но это другое... — Колобанов понизил голос почти до шепота: — Оборона... Вот так, Трофим Ильич...

Полунин понимающе кивнул, и они пошли дальше. Экскурсия продолжалась не меньше часа. Колобанов остановился перед дверью химического склада и сказал:

— У нас здесь всю зиму проблемы с отоплением были... Все никак не могли разобраться... Давайте зайдем, Трофим Ильич, посмотрите на месте...

— Хорошо.

И они зашли внутрь просторного складского ангара. Кругом, насколько хватало глаз, высились просторные стеллажи, заставленные коробками, ящиками, бочками и бутылями.

Алексей Алексеевич, хорошо ориентируясь в лабиринтах склада, провел Полунина к стене ангара и показал тому на проржавевшие радиаторы отопления.

— Вот видите, Трофим Ильич, что творится? Сами понимаете — на таком складе нужен постоянный температурный режим, а при наших морозах, да при таких батареях... В общем, сплошная головная боль...

— Устраним, Алексей Алексеевич,— ответил Полунин, делая пометку в блокноте.— Радиаторы, конечно, сейчас достать трудно, но... я попробую. Пришлю вам бригаду на следующей неделе... И вообще, товарищ Колобанов, хочу вас попросить составить подробный список всего того, что требует доработки. Я вижу, что работы у вас здесь накопилось немало... Надо решать эти вопросы...

— Да, да...

Их беседу прервала заведующая складом, которая, увидев начальника, поспешила обратиться к нему за решением какой-то проблемы.

— Извините, Трофим Ильич, работа,— сказал Колобанов Полунину.— Вы мой телефон знаете — так вот, обязательно звоните...

— Будет надобность — позвоню... А вообще-то я собираюсь к вам и завтра заехать — надо поднимать ваше хозяйство... Так что до встречи, Алексей Алексеевич.

* * *

— Подобрались, значит, вплотную враги к работе Ковригиной? — спросил Овалов замолчавшего вдруг Пронина.— Где же ваши ребята, генерал? Куда они смотрят?

— А что такого, собственно, случилось, Лев Сергеевич? — ответил Пронин.— Ну, проник он на территорию института и комплекса. Так что с того? До секретов еще добраться надо...

Глава 6

ТАЙНА ЛАБОРАТОРИИ «СЕМЬ-БИС»

Полунин сдержал свое обещание — он действительно серьезно «взялся» за Евсеева. Для начала заведующему хозяйственной службой лабораторного комплекса был устроен небольшой, но грозный «разнос», а затем Трофим Ильич предъявил нерадивому подчиненному жесткий «ультиматум» в виде перечня должностных обязанностей, которые Евсееву предстояло неукоснительно выполнять.

— И смотри у меня, товарищ Евсеев,— сказал в завершении Полунин,— если еще какие-нибудь жалобы насчет тебя ко мне поступят — будешь уволен с «волчьим билетом», пойдешь у меня дворником работать! Предупреждаю тебя, возьмись за ум! Понял меня?

— Понял, товарищ Полунин,— понуро ответил Евсеев.— Все будет исполнено...

Как и было обещано Колобанову, на следующей неделе в лабораторный комплекс были завезены радиаторы отопления, и прибыла бригада слесарей для их замены. Общее руководство работами взял на себя сам Полунин.

Слесари развернули сварочный аппарат, срезали старые радиаторы и стали менять их на новые.

Дав несколько дельных указаний, Полунин зашел в небольшую комнатку, где сидела кладовщица, немолодая женщина с усталым лицом, постоянно кутавшаяся в серый пуховой платок. В ангаре было прохладно.

— Зябко у вас здесь что-то,— сказал женщине Полунин.— Как-то вы здесь зимой работали?

— А вот так и работали,— ответила кладовщица.— Сейчас-то еще ничего, а зимой такой холод стоял, что аж пар изо рта шел. Одно и оставалось — чай горячий пить, так и согревалась я. А все равно, знаете, простужалась за эту зиму раз пять, не меньше.

— Ничего,— это дело поправимое,— успокоил женщину Полунин,— в следующий отопительный сезон у вас здесь Ташкент будет — уверяю вас.

— Хорошо бы,— в голосе пожилой женщины послышалась слабая надежда.

— А вот еще вопрос к вам — не сочтите за наглость,— улыбнувшись сказал кладовщице Полунин: — Вы сказали, что чайком здесь балуетесь... Не угостите меня?

— Ой, ну что вы! Конечно! Надо было мне самой вам предложить, извините... Только придется немного подождать, у меня плитка в другом углу склада — здесь розетки электрической не имеется. Подождете меня пять минут?

Женщина суетливо взяла большой алюминиевый чайник и пошла куда-то в глубь склада. Через несколько шагов она остановилась и, обернувшись, сказала Полунину:

— Если кто придет, товарищ Полунин, скажите, что я скоро буду, я быстро...

— Хорошо, не беспокойтесь.

Как только женщина скрылась за стеллажами, Трофим Ильич поднялся со стула и обвел комнатку кладовщицы внимательным взглядом. Его внимание прежде всего привлекла полка с многочисленными журналами учета в серых картонных переплетах. На клеенчатых полосках, скреплявших обложки журналов, были наклеены аккуратные этикетки с номерами лабораторных корпусов. В этих журналах учитывалось количество выданных со склада экспериментальных материалов. Среди книг, стоявших на полке, Полунин не обнаружил журнала с надписью «Л-7Б» — того, который ему был нужен.

Тогда Трофим Ильич переключил свое внимание на небольшой несгораемый шкаф, стоящий в углу комнатки. Тот был заперт.

Полунин, двигаясь быстрыми выверенными движениями, по очереди открыл ящики стола и в одном из них нашел искомый ключ.

Быстро вставив ключ в замочную скважину, отомкнул замок и, плавно повернув ручку, открыл несгораемый шкаф.

На средней полке сейфа лежал журнал учета поступлений лаборатории «Семь-бис». В верхнем углу обложки книги учета стоял красный штамп «Для служебного пользования».

Полунин, не вынимая ключа, прикрыл сейф, разложил журнал на столе так, чтобы на него падало как можно больше света от электрической лампы на потолке. Затем он наклонился над столом, расстегнул плащ и, оттянув среднюю пуговицу пиджака, расположил ее вертикально над журналом и резким движением провернул по часовой стрелке. Послышался едва слышный щелчок, в центре пуговицы открылись незаметные створки диафрагмы, и изображение страницы книги учета отпечаталось на сверхчувствительной фотографической пленке, ширина которой была не больше спички.

Эти манипуляции Полунин повторил несколько раз, пока все содержимое журнала не было переснято. Свою работу Трофим Ильич выполнил не более чем за две минуты.

Когда вернулась кладовщица, Полунин стоял возле ее стола и разговаривал по внутреннему телефону.

— Так, товарищ Евсеев, с этим делом разобрались... — Трофим Ильич откашлялся.— Теперь такой вопрос: есть у тебя на складе электрические обогреватели?.. Добро. Сейчас найди электрика, пускай возьмет его и направляется в складской ангар... Да... Понял?

Полунин положил трубку, посмотрел на стол и улыбнулся. Пока он разговаривал, кладовщица все приготовила для чаепития: достала баночку варенья, разложила на блюдечке рассыпчатое сахарное печенье.

— Вот, угощайтесь, товарищ Полунин,— пригласила женщина начальника АХЧ.— Как говорится, чем бог послал...

— Спасибо вам большое,— ответил Полунин.— Извините, а как вас зовут?

— Роза Георгиевна...

— Вот спасибо, Роза Георгиевна!

Полунин взял большую фарфоровую чашку, до краев наполненную горячим чаем, и с удовольствием сделал большой глоток.

— Хороший чай! — сказал он.

— Краснодарский! — похвалилась кладовщица.— А вы варенье попробуйте, товарищ Полунин, это садовая земляника, на собственном участке выращенная!

— Отличное варенье, просто великолепное! — отметил Трофим Ильич и широко улыбнулся.

— Внучата у меня очень его обожают — просто за уши не оттянешь! — сказала довольная кладовщица.— Такие пострелята...

— И много их у вас? — заинтересованно спросил Полунин.

— Да трое: двое мальчишек, Илюша и Витенька, и девочка, Сонечка...

Полунин задал кладовщице несколько вопросов по поводу выращивания садовой земляники и почти полностью прослушал обстоятельную лекцию по садоводству. Беседу Трофима Ильича и Розы Георгиевны прервал явившийся по вызову электрик.

Полунин велел ему сделать розетку в помещении кладовщицы и временно установить в ее комнатке электрический обогреватель.

— Теперь, надеюсь, не простудитесь, Роза Георгиевна,— сказал на прощание Трофим Ильич,— большое спасибо за чай!

Кладовщица, которая до сих пор не смогла прийти в себя от нежданно свалившихся на нее благ, всплеснула руками:

— Вам спасибо, товарищ Полунин!

* * *

— Нагло сработано! И безупречно... Только одного в толк не могу взять: зачем им нужны выписки из этого журнала? — спросил Овалов Пронина.

— Ну что же ты, Лев Сергеевич, пишешь шпионские романы, а классических ходов разведки не знаешь! — ответил Пронин.— Ты в курсе истории про секрет бездымного пороха?

— Нет, а что за история?

— В самом конце прошлого века первыми освоили выпуск пироксилинового, или бездымного, пороха немцы. И, конечно, секретом его приготовления делиться не хотели. Тогда, для того чтобы узнать рецепт нового пороха, царская разведка разработала хитроумную и одновременно очень простую операцию. В Германию, в город, где производился этот самый порох, был направлен наш великий химик Дмитрий Иванович Менделеев, под другим именем, разумеется. Его сопровождал офицер разведки Генерального штаба. В гостинице они сняли номер, окна которого выходили прямо на грузовой путь — тот, на котором останавливались на сортировку составы, идущие на пороховые заводы. Немцы, как ты знаешь, народ педантичный, и каждое вещество у них было помечено отдельной маркировкой. Так вот, наш великий химик по маркировкам сначала вычислил химический состав пороха, а затем, подсчитав количество вагонов,— и пропорции этих веществ в рецептуре... Теперь понимаешь?

— Но здесь же не порох — посложнее продукт,— возразил Овалов.

— Конечно, но, зная вещества, используемые при его приготовлении, и их количество, можно если не создать сам исходный продукт, то определить направление исследований... При наличии этих данных и хорошей исследовательской базы, получение результата — дело техники...

— Значит, пропали наши секреты? — спросил писатель и разочарованно посмотрел на старого друга.

— И да, и нет, Лев Сергеевич, и да, и нет, мой дорогой...

* * *

Полунин вернулся домой поздно вечером. Он проживал в небольшой двухкомнатной квартире, доставшейся ему в наследство от умершей полгода назад тетки, в старом деревянном многоквартирном бараке в Сокольниках. Трофим Ильич зажег свет в маленькой прихожей, переобулся и, не снимая плаща, прошел на кухню поставить чайник. Потом он снял плащ, повесил его на вешалку, прошел в единственную комнату, задернул цветастые шторы, оставшиеся еще от тетки, и, подойдя к столу, расстегнул пиджак.

На внутренней стороне пиджака, в районе средней пуговицы, был прикреплен небольшой фотографический аппарат — новинка заграничной шпионской техники. Полунин отстегнул хитроумную машинку от пиджака и аккуратно открыл миниатюрную крышечку на задней стенке фотоаппарата, а затем осторожно перевернул его над открытой ладонью. На ладонь выпала небольшая серебристая кассета размером с наперсток.

Полунин подошел к массивному шкафу, стоявшему в углу комнаты, открыл среднюю дверцу и вытащил наружу одну из полок. Лезвием складного перочинного ножа, который Полунин выверенным движением выудил из кармана брюк, Трофим Ильич подцепил торец полки — тот легко распахнулся, открывая полость тайника.

Полунин спрятал в него кассету и фотоаппарат, в обратном порядке повторил все свои манипуляции с полкой и пошел на кухню снимать с плиты закипевший чайник.

Через полтора часа в дверь квартиры Полунина едва слышно постучали. Трофим Ильич, уже успевший переодеться в полосатую шелковую пижаму, услышав стук в дверь, приподнялся со скрипучего дивана, взглянул на часы и пошел открывать.

В тесную прихожую молча вошел молодой человек в черном полупальто и кепке-восьмиклинке. Поздний визитер нагло улыбнулся Полунину, сверкнув золотой коронкой, и развязно сказал:

— Наше вам с кисточкой, Трофим Ильич...

Полунин внимательно посмотрел на гостя и, не ответив на приветствие, грозно спросил:

— Ты что, опять пьяный, Фикса? Сколько раз тебе говорено — ко мне в таком виде не являться!

В маленьких глазках Фиксы мелькнул тревожный огонек, но, не изменив наглого тона, он ответил:

— Да ладно... Ну, выпил сто грамм — ночи-то еще холодные, а мне через весь город тащиться... Простужусь еще ненароком...

— Смотри, Фикса,— зло сказал Полунин,— еще раз заявишься ко мне в таком виде — шутить не буду! Сиди здесь и жди...

Фикса присел на шаткий табурет, а Полунин зашел в гостиную, защелкнув за собой дверь на замок.

Через пару минут Полунин вернулся, держа в руках небольшой сверток размером не больше спичечного коробка, туго перетянутый бечевкой. Он протянул сверток Фиксе, тот взял его, взвесил на руке и отправил в карман пальто.

— Это все,— сказал Полунин,— больше пока ко мне не ходи... Будешь нужен — дам знать, как условились... Понял? И не пей больше! Смотри у меня — пакет надо передать сегодня!

Но Фикса не торопился уходить. Он снова нагло ухмыльнулся и спросил Полунина:

— Трофим Ильич, а про это вы не забыли? — он потер друг о друга указательный и большой пальцы правой руки.— Надо бы подмазать...

Полунин снова ушел в комнату и, когда вернулся, в руках у него была пухлая пачка пятидесятирублевых купюр. Он отсчитал от нее тридцать бумажек и протянул деньги Фиксе.

— Все,— сказал он,— ступай... И смотри, не пей больше!

— Все будет в ажуре, не извольте беспокоиться... — лихо ответил Фикса, пряча деньги во внутренний карман пальто.— Ладно, побегу я, покедова...

Полунин молча закрыл дверь за поздним гостем.

...Фикса шел по пустой улице, тихонько насвистывая сквозь зубы мелодию популярного твиста. В такое время он принципиально не любил ходить по тротуарам, боясь запачкать свои начищенные штиблеты,— глазея по сторонам, шел по самой середине дороги.

Его внимание вдруг привлекла яркая киноафиша, выставленная на стенде недалеко от обочины дороги. Фикса любил новые кинофильмы и остановился, пытаясь по слогам прочитать название новой картины. На афише был нарисован лихой гусар, обнимающий молоденькую красотку.

Фикса с трудом прочитал:

— «Гу-сар-с-кая бал-ла-да», но-ва-я цве-т-ная ки-но-ко-ме...

Прочитать дальше парень не успел — увлекшись изучением афиши, Фикса не заметил, как из-за поворота улицы выехал здоровенный МАЗ. Шофер заметил пешехода, стоящего на середине дороги, и, матерясь, до отказа надавил на педаль тормоза. Но многотонная машина, повинуясь силе инерции, не смогла остановиться сразу — бампер МАЗа с огромной силой ударил Фиксу, отбросив его метров на десять вперед. На месте остался только один его начищенный до блеска штиблет.

Из остановившейся машины вылез бледный водитель, который молча бросился к ближайшей телефонной будке и вызвал милицию. Сотрудники ОРУДа и «скорая помощь» были на месте аварии через пятнадцать минут. Фикса был уже мертв.

* * *

— Вот, Лев Сергеевич, тебе пример того, как идеальный план дает осечку по чистой случайности,— сказал Пронин.— Этот МАЗ сорвал хорошо продуманную операцию вражеской разведки, спутал врагам все карты...

— А если бы его не было, этого МАЗа, если не было бы этой случайности, Иван?

— Но ведь она случилась-таки... — хитро улыбнулся Пронин.— Понимаешь ли, доля везения, фатум, если хочешь, судьба — это фактор хоть и эфемерный, но довольно действенный... И в этот раз он сработал на нас...

— «Фатум»,— удивился Овалов.— Уж из чьих уст я не готов услышать это слово, так это из твоих, Иван Николаевич... Ты хочешь сказать, что при разработке своих комбинаций чекисты полагаются на везение?

— Конечно, нет... Но невезучие тем не менее у нас не задерживаются...

— А враги тоже предусматривают влияние случая?

— В этот раз они предусмотрели все...

* * *

Утром следующего дня на столе генерал-майора госбезопасности Ивана Николаевича Пронина уже лежал рапорт о странном происшествии в Сокольниках. Точнее, в самом-то происшествии как раз не было ничего странного — обычная дорожно-транспортная авария со смертельным исходом. Случай, конечно, трагический, но не экстраординарный... Погиб молодой парень лет двадцати пяти–двадцати семи, документов при нем не оказалось, поэтому тело его до сих пор опознано не было. Странным было другое — содержимое карманов сбитого пешехода: крупная сумма денег — более полутора тысяч рублей — и небольшой бумажный пакетик, перетянутый бечевкой.

Рапорт гласил: «При попытке досмотра свертка сотрудником ОРУД сверток самоуничтожился посредством возгорания...»

«...Писаки... Кто же их так учит свои мысли излагать?» — раздраженно подумал чекист.

— И как все произошло, товарищ Никифоров? — строго спросил Пронин сидевшего напротив него мужчину в штатском костюме, майора Никифорова.

Скуластое лицо Никифорова было хмурым.

— Орудовец срезал бечевку, внутри оказалась маленькая деревянная коробочка. Он попытался открыть ее, а она вспыхнула у него в руках...

— И это все, что осталось...— задумчиво сказал Пронин, держа двумя пальцами обгоревший металлический цилиндрик.

— Так точно, товарищ генерал-майор!

— Вот тебе и «точно», товарищ Никифоров... Доложите, какие мероприятия проводятся сейчас?

— Через картотеки по отпечаткам пальцев пытаемся установить личность погибшего... Проводим анализ денежных купюр... Пока это все, товарищ генерал-майор.

— Хорошо, как только будут какие-то результаты — докладывать мне лично! Не мне тебе объяснять, майор, что это такое... — Пронин показал Никифорову на обожженные остатки кассеты,— ...и чем это пахнет... Все. Можете идти.

Первые новости от Никифорова стали поступать уже через час.

Во-первых, деньги, оказавшиеся в кармане у погибшего пешехода, были фальшивыми, но фальшивки были явно не кустарного изготовления — отличить поддельные купюры от подлинных было возможно только при помощи специального оборудования.

Во-вторых, данные на погибшего в аварии парня были разысканы в милицейской картотеке. Погибший оказался Беликовым Сергеем Петровичем, 1932 года рождения. Образование — четыре класса общеобразовательной школы. Родители погибли во время войны. Воспитывался бабкой. В 1949 году был привлечен к уголовной ответственности за карманную кражу. Отсидел три года, после освобождения приводов в милицию не имел. Воровская кличка — Фикса. Работал сторожем на стадионе спортивного общества «Динамо».

Пронин внимательно изучил дело Беликова и, задумчиво посмотрев на Никифорова, спросил:

— Что думаешь об этом, майор?

— Не тянет он на серьезного агента, Иван Николаевич. Скорее всего, в качестве курьера его использовали вслепую...

— Похоже на то... Здесь есть адрес, где он проживал... Ты поезжай туда сам. Возможно, Беликов жил не один — ну, там с девушкой, например... У участкового все подробности узнаешь сначала, а потом уже туда... Только осторожнее — возможно, друзья этого Фиксы уже заволновались... Представься сотрудником ОРУДа... Ну, не мне тебя учить... Да, и по месту работы погибшего отправь кого-нибудь потолковее...

— Есть, товарищ генерал-майор...

Вечером Никифоров докладывал Пронину о проделанной за день работе:

— Как вы и предполагали, Иван Николаевич, Беликов жил не один — с ним проживала гражданка Кузнецова Мария Сергеевна, двадцати двух лет. Работает диспетчером на транспортном предприятии. Участковый сказал, что квартира у них спокойная — жалоб от жильцов не поступало, жили тихо. После возвращения из мест заключения Беликов вел себя спокойно, прежних знакомств не поддерживал, работал сторожем на стадионе, куда устроился по рекомендации местного отделения милиции.

— Дома у него тебе удалось побывать?

— Так точно... Пошли вместе с участковым. Кузнецова как раз была дома, у нее отгулы.

— Как отреагировала на известие о смерти Беликова?

— Как и любая женщина в подобной ситуации... Слезы, истерика... Ни о чем спрашивать я ее, конечно, не стал, мы быстро ушли... Квартира маленькая, но чистая, обстановочка вполне мещанская: слоники, фикус, кошечка, ажурные салфетки — в общем, все как полагается...

— А как тебе показалась сама хозяйка?

— Обычная девушка, на мой взгляд... Простая, не очень умная, но не наглая... По месту работы о ней отзываются положительно... Не похоже, Иван Николаевич, чтобы Беликов посвящал ее в свои дела...

— Ты человека там оставил, чтобы присматривал за ней?

— Так точно, товарищ генерал-майор!

— Молодец... Ну а что там на работе у Беликова? Удалось что-нибудь узнать?

— Ничего особенного... Дружбы особой он ни с кем не водил... На работу всегда выходил своевременно... Выпивал иногда, но не сильно... Обычная картина, Иван Николаевич.

— Картина-то обычная, да Беликов оказался необычным... Надо искать ниточки, Никифоров, самые мелкие зацепочки, чтобы этот клубок распутать... Но главное — делать это надо крайне осторожно...

Пронин понимал, что в ближайшее время врагам станет известно о гибели Беликова, и это заставит их предпринять какие-либо действия... Какие? Либо они, предприняв дополнительные меры безопасности, будут продолжать свою деятельность, либо свернут свою работу и затаятся всерьез и надолго...

Чутье опытного контрразведчика подсказывало Пронину, что найти выход на хозяев Фиксы все-таки можно — каким бы профессионалом ни был самый изощренный шпион, даже он может совершить ошибку. А Фикса профессионалом не был, и вообще, возможно, не знал об истинной подоплеке своей деятельности... Значит, искать следы врага надо в ближайшем окружении Беликова, а самым близким ему человеком была именно Кузнецова. С ней и решил встретиться Пронин...

Утром следующего дня Пронин отправился в автопарк, где работала Кузнецова. Его уже ждали — Иван Николаевич предварительно позвонил директору этой организации и попросил его о встрече.

— Слушаю вас, товарищ,— обратился директор к Пронину, когда тот вошел в кабинет.

— Пронин, генерал-майор госбезопасности,— представился чекист, протягивая директору свои документы.

Директор, полный мужчина с большой залысиной на макушке, словно колобок, выкатился из-за своего стола и, пожав визитеру руку, озабоченно спросил:

— Что-то случилось, товарищ Пронин?

— Нет, не беспокойтесь, ничего особенного... Просто мне надо переговорить с одной из ваших сотрудниц — диспетчером Кузнецовой... И, пожалуйста, не надо никого ставить в известность о моем визите...

Вспотевший директор понимающе закивал и вышел из кабинета попросить секретаря вызвать к нему Кузнецову.

— Беседовать здесь будете, товарищ Пронин? — спросил директор, вернувшись назад.

— Может, у вас другое помещение найдется? — спросил Пронин.— Возможно, наш разговор затянется...

— Да, да... Сейчас у меня как раз заместитель в отпуске, его кабинет пустует... Я скажу секретарю, чтобы открыла его, там и располагайтесь...

Пронин перебрался в другой кабинет, и через несколько минут туда пришла Кузнецова. Она несмело открыла дверь помещения, заглянула внутрь и, увидев за столом незнакомого человека, осторожно спросила:

— Я — Кузнецова... Вы меня вызывали?

— Да, товарищ Кузнецова, проходите... Присаживайтесь...

Девушка зашла в кабинет. Она выглядела очень уставшей — лицо ее было бледным, под глазами темнели большие лиловые круги. Кузнецова села на стул и, опустив глаза, уставилась в пол.

— Вы из милиции? — тихо спросила она.— Насчет Сережи?

— Нет, я из другой организации,— ответил Пронин и, достав служебное удостоверение, протянул его девушке.

— МГБ? — удивленно спросила она, прочитав документ.— Что вам надо?

— Я понимаю ваше состояние, Мария Сергеевна, но мне необходимо задать вам несколько вопросов. После этого вы можете пойти домой, у вас сейчас много хлопот...

— Да... Много... — девушка вдруг тихо заплакала.

Пронин налил стакан воды из стоявшего на столе графина и протянул его девушке. Когда она успокоилась, Пронин сказал:

— Дело в том, товарищ Кузнецова, что у нас есть сведения, что ваш сожитель сотрудничал с иностранной разведкой...

Девушка была совершенно ошеломлена вескими словами чекиста.

— Не может быть! Что вы говорите! — почти прокричала она, потом вдруг затихла и понуро опустила голову.— Говорила я ему: не водись с этими людьми — они тебя погубят...

— С какими людьми?

— Я не знаю, не видела никогда его знакомых... Ну, этих... Просто полгода назад он пришел домой слегка выпивши и говорит: «Я познакомился с такими людьми! Они такие дела крутят! Скоро в Крым поедем, и денег будет много...» Деньги у него и вправду стали иногда появляться, а где взял — он не говорил... Сережки мне купил золотые, шоколад и цветы дарил...

— А не называл ли он имен этих своих новых знакомых?

— Нет,— ответила девушка, хлюпнув носом, а потом, подумав, добавила: — Говорил, правда, один раз про какого-то Трофима Ильича. Я запомнила, потому что у нас шофера одного похоже зовут — Трофим Ильичев... Говорил, что это большой человек, который делает большие дела, и его пристроит... Вот и пристроил...

Девушка опять была готова заплакать.

— Вы не путаете, точно Трофим Ильич? — переспросил Пронин, делая пометку в блокноте.

— Нет, точно, говорю же вам...

— Хорошо. Значит, больше о новых знакомых Беликова вы ничего не знаете?

— Видела я один раз, как его подвозили на бежевой «Победе». Ночью это было, недели две назад. Я не спала и выглянула в окно. Потом спросила у него, кто его подвозил, а он вдруг так резко мне ответил: не лезь, мол, дура, не твое дело! Он так со мной никогда не разговаривал...

— Понятно,— сказал Пронин.

Чекист задал девушке еще несколько вопросов, но большего не узнал.

Пронин умел разбираться в людях и видел, что Кузнецова не лжет и сказала все, что знала. «Ну что же,— думал чекист по дороге в главное управление,— будем работать с тем, что есть... Конечно, „Трофим Ильич" и бежевая „Победа" — это не зацепки, это жалкие крохи, но в нашей ситуации пренебрегать даже такими мелочами мы не можем. Будем плясать от этого».

— Великое в малом,— негромко произнес чекист вслух и поймал на себе удивленный взгляд водителя. Но уж очень малым было то малое, что имелось сейчас по «делу Беликова-Фиксы»...

ЧАСТЬ ВТОРАЯ

Глава 7

ДЛИТЕЛЬНАЯ КОМАНДИРОВКА

Где-то в глубине дома зазвонил телефон. Пронин поднялся из-за стола и пошел отвечать на звонок. Лев Сергеевич посмотрел на часы — время приближалось к семи утра.

Лучи солнца, пробиваясь сквозь листву плюща, играли золотыми бликами на некрашеных деревянных стенах веранды. Снаружи гомонили птицы, весело перекликаясь в ветвях деревьев, купающих свои листья в прохладе утреннего ветерка.

— Вот и все на сегодня, Лев Сергеевич,— немного разочарованно сказал Пронин, вернувшись.— Служба, понимаешь... Сейчас машина за мной придет... Вызывают.

Пронин многозначительно поднял вверх указательный палец правой руки, показывая этим, что его ждет встреча с руководством.

— Как же так, Иван? — спросил чекиста писатель.— А окончание истории?

Пронин улыбнулся и ответил:

— Не расстраивайся, Лев Сергеевич. Знаешь что? Приезжай-ка ты ко мне сегодня вечером, часиков в восемь, на Котельническую набережную — устроим, так сказать, вторую серию... Домашние твои не обидятся?

— Нет, Иван,— жена с внуками на курорте, так что я временно холостякую. И твое предложение принимаю с великой радостью!

— Вот и договорились... Значит, сегодня вечером я тебя жду. Агашу попрошу нам устроить маленький пир — ты знаешь, она у меня мастерица по этой части...

Через пятнадцать минут к даче подъехал служебный автомобиль Пронина. Генерал-майор велел водителю сначала доставить домой уставшего гостя, а затем и сам отправился по делам.

Работа, а точнее встреча с «наркомом», как по старой привычке называл Пронин министра госбезопасности Шелепина, не заняла много времени. Новый министр уже пришпилил к Пронину уважительное и ученое словечко «дуайен». Как же — с самим Дзержинским работал. Не так давно в центре площади, напротив резиденции МГБ, был открыт памятник первому чекисту — стройный, как корабельная сосна, суровый человек в шинели на века встал на холме, на площади своего имени. Однако подписывать указ прежнего хозяина Лубянки о присвоении Ивану Николаевичу Пронину очередного звания генерал-лейтенанта новый министр не спешил. Присматривался.

Шелепин с улыбкой, так мало подходящей его лицу, которое, казалось, было вырублено из куска древнего гранита, уловив легкий аромат коньяка, исходящий от подчиненного, справился о здоровье Пронина.

— Все в порядке,— бодро ответил чекист,— готов к новым свершениям!

Шелепина интересовали последние наработки отдела контрразведки по нескольким важным делам, которые в самое ближайшее время могли стать отличными козырями в руках советского правительства в свете намечающейся «оттепели» в отношениях с Западом.

Пронин четко доложил «наркому» положение дел. Шелепин остался доволен.

«Да, не зря говорят, что он был любимчиком Берия,— думал Шелепин, слушая уверенный, четко поставленный голос старого чекиста.— Уж кто-кто, а Лаврентий Павлович умел отбирать людей... Потрясающе, как он сочетает в себе стальную волю, храбрость, исключительный интеллект и необычайную прозорливость, о которой уже ходят легенды не только у нас в Комитете... А после виртуозной победы в деле Ковригиной о Пронине стали говорить даже в ЦК. Наверняка скоро быть ему генерал-лейтенантом... Пора уже, пора... Хотя в судьбах ТАКИХ людей регалии не имеют решающего значения — погоны есть погоны».

— Хорошо, Иван Николаевич,— сказал Шелепин, когда Пронин закончил свой доклад,— я вижу, что все в порядке. Центральный комитет может быть спокоен...

— Так точно, товарищ министр!

Пронин вернулся домой — в квартиру на Котельническую набережную — ближе к полудню. Агаша — бессменная на протяжении долгих лет домашняя работница чекиста — уже проводила свою деревенскую родственницу и хлопотала на кухне, ожидая возвращения Ивана Николаевича.

Из радиодинамика, висевшего над кухонным столом, в наполненное ароматами готовящейся пищи помещение врывалась веселая танцевальная музыка.

— Что это ты слушаешь, Агаша? — спросил Пронин домработницу, встретившую его у входа в квартиру.— Прямо какое-то сборище стиляг у тебя как будто, понимаешь!

— Ну что вы, Иван Николаевич, говорите такое! — с обидой в голосе ответила Агаша.— Это новая радиостанция, называется «Юность»... А песня — «Лучший город Земли» в исполнении Муслима Магомаева. Очень веселая, солнечная песня!

Утесов постарел и все реже выступал с новыми песнями, и юный голосистый Магомаев стал новым любимцем Агаши.

— Нашу с тобой юность, Агаша, давным-давно соловьи курские отпели, еще в первую империалистическую.

Агаша упрямо надула губы:

— Новая песня... Стареете, Иван Николаич, не понять вам ритмов-то новых... Законсервировались в своем мундире, как соленый кабачок.

«И где она таких слов нахваталась, плутовка старая? А ведь и правда — заплесневел... Твист, что ли, ей сбацать?..» — так думал Пронин, вслух продолжая привычную утреннюю процедуру ворчания.

— Стакан кахетинского да яичницу сочини. Это немедленно. А вечером — коньяк, кофе, торт: будет Овалов.

— Бутерброды?

— Отставить. Коньяк, кофе, сладкое. Лимоны с сахарной пудрой. Яблок подашь.

— Запечь?

— Ни в коем разе. А впрочем, запекай, не пропадет. Но и свежие подашь. А мне нужно выспаться — сегодня ночью глаз сомкнуть не довелось...

Пронин прошел в свою комнату, которая по давно устоявшейся традиции совмещала в себе рабочий кабинет и спальню. Генерал-майор все так же жил по-спартански, не изменяя своим прежним принципам, хотя и не без интереса относился к новинкам цивилизации — об этом свидетельствовали магнитофон, стоящий на тумбочке возле рабочего стола, и кнопка электрического звонка у изголовья дивана — с помощью этого устройства Пронин вызывал Агашу. Уже давно начался атомный век, когда одним нажатием кнопки можно уничтожить огромный город, а Пронин трогательно гордился чудом техники, электрическим звонком, заменившим старомодные колокольчики. Иногда он даже баловался со звонком, вызывая Агашу без надобности. И всякий раз восторженно демонстрировал свою любимую игрушку гостям. Очень уж это техническое новшество соответствовало характеру Пронина. Ведь Иван Николаевич ненавидел лишние движения и неспроста слыл сибаритом. Надрывать горло или трясти колокольчиком — все это было обременительно, а элегантный звонок, послушный легкому прикосновению пальца, спасал дело. Самое главное, до него можно было дотянуться лежа на диване, тем более что свободный шлафрок позволял Пронину вытягивать руку...

Любой вошедший в комнату удивился бы странному ощущению, которое создавала обстановка в ней. С одной стороны, казалось, что в комнате царит хаос, но это ощущение проходило, стоило только внимательно присмотреться,— все в комнате было расположено именно так, как это было удобно ее хозяину.

Кабинет-спальня, помимо всего, был и своеобразным музеем, экспонатами которого служили различные предметы — воспоминания о минувших приключениях Пронина, подобные той фляжке, которая этой ночью так заинтересовала писателя Льва Овалова.

На тумбочке у стены стоит патефон «Хиз Мастерс Войс» с той самой пластинкой, на которой записана завораживающая своей красотой песня об ангеле смерти, влетающем в дома вместе со светом голубой луны. Рядом с этой тумбочкой стоит гитара — подарок одной небезызвестной певицы, которая случайно оказалась втянутой в игру разведок и была спасена благодаря усилиям майора Пронина.

На стенах развешены литографии с видами довоенной Риги — напоминание о трудных и опасных годах работы во вражеском тылу, а на верхней полке этажерки пылится фетровая шляпа Леонида Утесова... На письменном столе красуются два телефона — но они никогда не звонят. Пронин любит быть хозяином положения: понадобилось — позвонил. А от трезвонов у него болела голова и навсегда улетучивались самые важные мысли. Поэтому и в служебном кабинете генерал-майора Пронина телефоны всегда молчали. Даже руководство было в курсе, что связь с Прониным — только через секретарей и адъютантов. По мнению Ивана Николаевича, это не усложняло, а только упрощало работу...

Старый чекист прилег на диван, укрылся клетчатым пледом и, прочитав несколько страниц книги Флавина, предусмотрительно захваченной с дачи, заснул крепким, но чутким сном профессионального контрразведчика.

Генерал-майор госбезопасности проснулся ровно в семь часов вечера. Выпив стакан пузыристого «Боржома», Пронин пошел в ванную комнату, принял контрастный душ, который решительно прогнал из организма остатки сна.

Окончательно подготовившись к приему гостя, Пронин велел Агаше накрыть стол в своем кабинете, в котором чувствовал себя намного комфортнее, чем в огромной гостиной. Иван Николаевич включил радиолу и под тихие звуки спокойной музыки пролистал свежие газеты.

Страна жила яркой насыщенной жизнью, наполненной новыми достижениями и непоколебимой верой в лучшее будущее. А в мире тем временем было неспокойно — в любое мгновение мог вновь вспыхнуть огнем войны Ближний Восток, да и в Азии капиталистические державы все еще не смогли смириться с тем, что многие государства уверенно встали на путь социалистического строительства. Читая страницы, посвященные международному положению, Пронин хмурился — уж он-то знал, как силен еще и опасен враг, не желающий мириться с существованием стран социалистического содружества.

Ради этого западные политики, подпитываемые финансами крупного капитала, готовы были протянуть руку дружбы даже своим вчерашним врагам — недобитым нацистам, готовы были помогать профашистским диктатурам, поддерживающим свою власть штыками, купленными на деньги транснациональных корпораций. И, конечно, не последнюю «скрипку» в этой необъявленной войне с передовым человечеством играли шпионы всех мастей, диверсанты и наемные убийцы, с последствиями «работы» которых генерал-майору госбезопасности Пронину приходилось сталкиваться почти ежедневно.

И с каждым разом враг становился все изощреннее, наглее и изобретательнее. Все новейшие технологии, которые могли бы принести столько пользы, будь они использованы в мирном строительстве попадая в руки врага, становились смертельным оружием...

Раздумья Пронина прервал дверной звонок. Чекист машинально взглянул на часы — ровно восемь.— Овалов, как всегда, был пунктуален.

Писатель, встреченный хлопотливой Агашей, которая тут же была одарена им коробкой замечательных шоколадных конфет, прошел в кабинет друга, радостно встретившего его за накрытым столом.

Лев Сергеевич с порога заметил легкую хмуринку в лице друга и, усевшись за стол, осторожно спросил:

— Что-то случилось, Иван? Может, я не вовремя?

— Все в порядке, не беспокойся,— успокоил Пронин старого друга.— Просто газеты сейчас читал... Неспокойно в мире...

— А припомни, когда в нем спокойно было? Разве что сразу после мая сорок пятого... Да и то ненадолго...

Пронин на мгновение задумался, а потом сказал Овалову:

— Все верно, Лев, и «покой нам только снится...»

— А вот и тост сам по себе назрел,— улыбаясь, сказал писатель: — За беспокойных людей! Именно благодаря им мир живет и будет жить еще лучше!

— За людей беспокойных и неравнодушных! Но — без суеты! — внес дополнение в тост друга Пронин, и друзья подняли рюмки.

Несмотря на распоряжение Пронина ограничиться сладким к коньяку, Агаша все-таки приготовила легкий ужин. Когда друзья перекусили, Агаша убрала тарелки и принесла кофе. Она прекрасно знала, что Овалов — гость «настырный и долгий», и уж коли пришел, значит, всю ночь быть разговорам — и как только языки-то не устают?

— Чем дышишь, Лев Сергеевич? Чай, не одними моими мемуарами пробавляешься?

Овалов азартно блеснул глазами:

— Да вот, собираю материалец для шпионской повести. Валентин Катаев заказал для журнала «Юность».

Пронин махнул рукой:

— Эх, снова эта юность... Радио — «Юность», журнал — «Юность»... Лишний раз напоминают, что юность давно прошла. И откуда эта мода взялась на молодых, да ранних?

Тут уж настал для Овалова черед улыбаться:

— А вспомните, Иван Николаевич, нашу молодость. Я стал большевиком в неполные восемнадцать. Воевал с атаманами, с разным кулацким сбродом. И не считал, что нужно ждать седых висков и бояться жизни. Мы свое брали в юности. Почему же нынешняя молодежь должна киснуть в почтении к старшим? И сказал же лучший поэт нашей эпохи: «Славьте, молот и стих, землю молодости!» — Овалов стучал костистым кулаком в такт стихам.

— Все это так, конечно. Только и про старых товарищей забывать нельзя. Вот у вас, в Союзе, кампания началась против Пастернака. Наш ровесник, пожилой заслуженный человек...

— Мы ж соседями были по Лаврушинскому! — Овалов всплеснул руками и тут же надкусил яблоко.

— Знаю,— сурово промолвил Пронин.— Вот и навестили бы бывшего соседа в тяжелую минуту.

— Это указание? — встрепенулся писатель.

— Это мои раздумья и сомнения. А мои раздумья и сомнения, как известно, являются указаниями для инженеров человеческих душ и гуманистов всех стран.

Овалов энергично уплетал яблоки — одно за другим, оставляя на блюдце аккуратные огрызки. Потом он натянул на нос очки и обиженно пробурчал:

— Между прочим, долго тянуть с прологами — это дурной тон в литературе. Обещал продолжение истории — так уж не томи.

* * *

Академик Громов встал из-за стола, чтобы поприветствовать Марию Сергеевну, которая только что явилась по вызову в кабинет директора института.

— Дорогая вы моя, товарищ профессор,— энергично пожимая руку Ковригиной, сказал Громов,— присаживайтесь, есть разговор.

— Что-то серьезное? — спросила Мария Сергеевна, усаживаясь на стул.

— Более чем, более чем! — с нескрываемой радостью воскликнул академик.

Он вернулся в кресло и, устроив в нем поудобнее свое массивное тело, продолжил:

— Звонил министр — комиссия техотдела флота дала самую высокую оценку работе нашей лаборатории. Что это значит, не мне вам объяснять... Но дело совсем в другом: принято решение приступить к созданию «Z-установки», не дожидаясь окончания тестовых испытаний компонента. Флот решил, что и достигнутых результатов уже вполне достаточно, чтобы начать эти работы. Что вы думаете по этому поводу?

Улыбаясь, Мария Сергеевна вспомнила, как представители комиссии — переодетые в непривычные гражданские костюмы офицеры — сначала с недоверием отнеслись к тому, о чем рассказала им профессор при первой встрече. Вспомнила она и о том, как поражены были проверяющие лабораторными опытами, проведенными на их глазах с новым веществом, как крепко, до боли, пожимали они своими большими ладонями изящную руку Ковригиной перед отъездом, пытаясь подобрать слова благодарности.

— Мне, конечно, хотелось бы довести весь положенный цикл испытаний до конца, но коль скоро указание сверху имеется, значит, будем действовать,— ответила Ковригина.— Тем более что имеющейся на сегодня партии готового «Z-компонента» вполне достаточно для начала работ над установкой...

— Отлично! — бравурным тоном сказал академик.— Теперь надо решить, кого из своих помощников вы пошлете в помощь конструкторам. Надо принять во внимание тот факт, что командировка будет длительной и ехать придется далеко — в Мурма́нск.— Он произносил название этого города по-матросски, с ударением на последний слог.

Ковригина немного подумала и ответила Громову:

— Владимир Николаевич, а не лучше ли будет, если консультантом поеду я сама? Ведь, в принципе, выпуск опытно-промышленной партии может проводится и без меня, а там, в Мурманске, я буду нужнее...

Громов нахмурился и ответил:

— Конечно, для пользы дела ваше присутствие там, Мария Сергеевна,— это самый лучший вариант. Но посудите сами: во-первых, оставить институт без заведующей научно-практическим отделом на долгое время, во-вторых, отрывать вас от семьи — хорошо ли это будет?

— Если главное препятствие в этом, то на первый ваш аргумент я отвечу, что, согласно программе исследований, новую тему мы начнем только в следующем году. Это значит, что с моими должностными обязанностями справится и временный заместитель, толкового человека я подберу. А что до моей семьи — Леночка уже вполне взрослая, и Нюра, я думаю, с ней сладит. А нет — так Павлик поможет...

Вспомнив ковригинское «семейство», академик тепло улыбнулся.

— Ну, коли так,— сказал он,— готовьтесь к поездке, Мария Сергеевна. Я думаю, что выезжать вам надо будет в течение ближайших полутора-двух недель... Не слишком скоро?

— Нормально,— ответила Ковригина,— дела передать успею, подготовить «Z-компонент» к транспортировке — тоже дело нехитрое...

Леночка узнала о предстоящей длительной командировке мамы вечером того же дня. Новость о скором отъезде мамы сначала встревожила девушку, но потом она успокоила себя — уж в Мурманске шпионы маму точно не достанут.

С момента ее первой встречи с Кайгородовым прошло уже почти три недели, и за это время они встречались уже пять или шесть раз. Леночке ловко удавалось скрывать свое новое знакомство от мамы и Павла, хотя она чувствовала, что Пашу в последнее время что-то удивляет и даже, как ей казалось, настораживает в ее поведении.

Один раз, когда они возвращались с вечернего киносеанса, он даже спросил:

— Ела, ответь честно, что с тобой происходит?

Леночке пришлось отшучиваться и говорить всякие глупости, которые, конечно, не убедили, но, по крайней мере, несколько успокоили ее внимательного жениха. Теперь, когда в коридоре звонил телефон, Леночка, опережая неторопливую Нюру, сама бежала снимать трубку — она не хотела, чтобы ее домашние слышали даже голос Кайгородова. Врать Леночка очень не любила, даже ради такого важного и ответственного дела, как борьба со шпионами, а на вопросы близких насчет Кайгородова приходилось отвечать заведомой ложью.

Кайгородов позвонил как раз в тот вечер, когда Леночка узнала об отъезде мамы.

«Наверное, хочет сообщить мне, что операция наконец завершена,— думала Леночка, собираясь на встречу с чекистом. — «Органы больше не нуждаются в ваших услугах, Елена Викторовна!» — Леночка представила, как безупречно одетый Кайгородов с важной таинственностью скажет ей эту фразу, и рассмеялась.

«Надо быть серьезнее,— тут же одернула „Леночку-девочку" „Леночка номер два" — общественница и комсомолка,— что это за детскость такая — смеяться над сотрудниками госбезопасности!»

Кайгородов вновь назначил встречу в скверике перед Большим театром. На этот раз Леночка, уже свыкшаяся с тем, что чекист появляется «из ниоткуда», решила сесть где-нибудь в стороне от места их встречи и увидеть, наконец, момент появления Кайгородова. Это, конечно, было дурацкой выходкой, но отказать себе в таком удовольствии Леночка не могла.

Девушка встала в арке здания, откуда отлично просматривался весь сквер. За три минуты до встречи она увидела, как напротив садика остановилась бежевая «Победа», и из нее вылез Кайгородов. Он нагнулся к открытому окну автомобиля, что-то сказал водителю и не торопясь пошел на место встречи с Леночкой. Машина сразу же отъехала и скрылась в потоке автомобилей.

На этот раз чекист был одет в светло-кремовый плащ-пылевик, удачно облегавший его стройную фигуру. Леночка, несколько разочарованная столь обыденным появлением чекиста, неторопливо перешла дорогу, направляясь к поджидающему ее Кайгородову.

После обмена приветствиями они сели на пустующую скамейку. Первой, вопреки сложившейся традиции, заговорила Леночка:

— Я догадываюсь, Борис Петрович, зачем вы меня вызвали сегодня.

— И зачем же? — спросил Кайгородов с интересом.

— Чтобы сообщить, что в ближайшее время мама уезжает в длительную командировку, в Мурманск...

Леночке показалось, что сказанное ею удивило Кайгородова,— он даже как-то подался вперед, услышав сообщение девушки, но его слова убедили ее в обратном:

— Да, действительно,— спокойно сказал Кайгородов,— эта так называемая командировка — часть нашей операции. Не буду рассказывать тонкостей, но если задуманный нами план удастся, то в скором времени все будет закончено.

— Значит, мама уже вне опасности?

— А вот об этом говорить еще рано, Елена Викторовна... Враг, загнанный в угол, может очень больно кусаться, поэтому я предупреждаю вас, что решение об отъезде Марии Сергеевны — не окончательное.

— То есть вы хотите сказать,— догадалась Леночка,— что вся эта история с командировкой придумана для того, чтобы спровоцировать врагов?

— Вы учитесь намного быстрее, Елена Викторовна, чем я ожидал,— похвалил чекист девушку, но эта похвала не доставила Леночке никакого удовольствия.

— Борис Петрович, скажите честно: это опасно для мамы?

— Не опаснее, чем переходить через Тверскую на зеленый сигнал светофора, уверяю вас,— ответил Кайгородов, но почему-то его ответ не убедил Леночку.

Чекист заметил ее волнение и добавил:

— Конечно, определенная угроза существует, но мы контролируем ситуацию. Поэтому некоторые основания для волнений, безусловно, есть... Главное — не терять головы... Помните, Лена,— Кайгородов впервые назвал девушку по имени, и от этого ей стало даже немного не по себе,— мы имеем дело с опасным и сильным врагом, но у нас есть неоспоримое преимущество — мы в своей стране и наше дело правое... Пусть это звучит высокопарно, но именно так оно и есть.

Леночка коротко кивнула — Кайгородов, как всегда, сумел найти правильные слова...

— А теперь слушайте меня внимательно,— понизив голос, сказал чекист.— В течение ближайших шести-семи дней, возможно, нам понадобится ваша помощь. Это очень важно — руководство просило меня предупредить вас об этом. Ничего конкретного я вам сейчас говорить не буду, но прошу вас быть готовой...

Чекист сделал небольшую паузу и, посмотрев девушке в глаза, чуть слышно добавил:

— Готовой ко всему...

***

— Прямо так и чувствую, Лев Сергеевич, что сейчас ты ко мне снова начнешь приставать со своими вопросами: «Как же так? Почему не уберегли? О чем вы думали?» — Пронин с улыбкой взглянул на своего гостя.

— А вот не буду спрашивать, Иван Николаевич,— ответил в тон чекисту Овалов.— Я уже понял, что лучше все до конца дослушать... И все же, Иван Николаевич...

Друзья громко рассмеялись.

— Ладно, отвечу я на твой вопрос, только боюсь, что ответ мой породит только новые вопросы... Обещаешь ничего не спрашивать?

Овалов отрицательно махнул головой, а Пронин в ответ ему развел руками, как бы говоря: «Ну что с тобой поделаешь!» Потом чекист встал из-за стола, подошел к дивану и, выудив из стопки газет, лежащих на стуле возле дивана, последний номер «Правды», протянул его писателю.

— Вот тебе и ответ на твой вопрос, прямо на первой странице.— Пронин показал Овалову пальцем, где нужно читать: — Вот, где про награждения.

Овалов достал из кармана пиджака очки, водрузил на переносицу и стал вчитываться в текст. Он прочитал:

«Указ Президиума Верховного Совета СССР о присвоении звания Героя Социалистического Труда». Далее шел длинный перечень имен, среди которых Овалов с удивлением увидел фамилии академика Громова Владимира Николаевича и... профессора Ковригиной Марии Сергеевны.

— Подожди, Иван,— удивленно спросил писатель, взглянув на дату указа,— так это ей посмертно присвоили? Так получается?

— Где же ты видишь здесь «посмертно», Лев Сергеевич? Бывают разве опечатки в таких указах?

— Нет, конечно.— Овалов выглядел растерянно.— Но ведь я сам читал некролог...

— Я тоже читал,— улыбнулся Пронин.— И, может быть, даже поверил в него сначала...

* * *

В пятницу Полунин вернулся домой поздно. Он вошел в полутемный подъезд, машинально пошарил рукой в почтовом ящике и выудил оттуда небольшой квадратик из плотного картона размером чуть больше трамвайного билета. Обернувшись, Трофим Ильич сунул картонку в карман и проследовал к себе.

В квартире он зажег свет в передней и достал картонку из кармана. На ней ясно виднелись три цифры, четко написанные химическим карандашом: «13-4».

В таблице тайных кодов, которую Полунин знал наизусть, эти три цифры обозначали встречу с резидентом, главой агентурной сети, одним из «звеньев» которой был Трофим Ильич.

Полунин, не раздеваясь, сел на скрипучий стул, стоявший в коридоре, и задумался. Встреча с резидентом — событие неординарное, и просто так она назначена быть не может.

«Может быть, хотят убрать? — мелькнула в голове Полунина мысль.— За просчет с Фиксой...»

Но эту мысль он быстро отмел. Гибель Фиксы — событие случайное, и его вины в этом нет. Правда, в качестве связника Фиксу выбрал именно он, а значит, доля ответственности лежит и на нем. Но за такие вещи не убивают, в крайнем случае могут оштрафовать — не перечислить ежемесячный взнос в один из надежных заграничных банков.

«Да и не стали бы они меня предупреждать — зачем такие сложности — убрали бы, как я этого Шевченко, тихо и незаметно... Да и последовательная смерть людей, служивших на одной и той же должности,— это подозрительно... А институт им нужен... Им нужна лаборатория Ковригиной... Значит, дело здесь в другом... И дело серьезное, иначе „сам" просто прислал бы Палача».

Палачом Полунин про себя называл шофера бежевой «Победы» — мрачного коренастого мужчину, от которого Трофим Ильич ни разу не слышал ни одного слова. С первой встречи Полунин почувствовал, что от этого человека с багровым шрамом на правой щеке пахнет смертью, а как пахнет смерть, Трофим Ильич отлично знал...

Полунин еще немного посидел на шатком стуле, а потом резко встал с него, быстро разделся и, не ужиная, лег спать. Завтра ему предстоял тяжелый день.

В полдень следующего дня, а это была суббота, Трофим Ильич ждал машину, которая должна была отвезти его на встречу с резидентом, в условленном месте в условленное время. Место и время встречи были определены все той же, заученной наизусть, таблицей кодов.

«Палач» на бежевой «Победе» появился вовремя. Полунин лихо запрыгнул в салон, и машина быстро сорвалась с места. Водитель долго петлял по улицам Москвы, стараясь не ехать по широким проспектам,— как понял Полунин, водитель пытался вычислить, нет ли за ними «хвоста».

Наконец, проверка на предмет слежки была закончена, и бежевая «Победа» направилась куда-то на северо-восток столицы. Там, в маленьком, неприметном домике на самой окраине Москвы Полунин встретился с резидентом.

Как и сам Трофим Ильич, резидент был мужчиной с абсолютно бесцветной, ничем не примечательной внешностью. Единственное, что в его внешности обращало на себя внимание, были глаза с почти бесцветными белками.

Резидент говорил без акцента, неторопливо подбирая слова.

— Полунин, доставка фотопленки вашим методом оказалась неэффективной. Она дала сбой на очень важном этапе работы. В этом есть и ваша вина. Но вы не будете даже оштрафованы за это, хотя, я думаю, это следовало бы сделать,— резидент, казалось, впился своими бесцветными «бельмами» в лицо Полунина.— Теперь же вам предстоит сыграть главную роль в запасном варианте операции.

Трофим Ильич понял, что спрашивать ничего не надо, хотя слова о «запасном варианте» не добавили ему оптимизма. «Ну, хоть на деньги меня не выставили,— подумал Трофим Ильич,— и на том спасибо...»

— Итак,— продолжил резидент,— вам, совместно с еще одним нашим человеком, предстоит похитить Ковригину.

Сказав это, резидент остановился, наблюдая, как среагирует на его слова Трофим Ильич.

Но Полунин привык держать себя в руках в любой ситуации, практика шпионской работы не прошла для него даром. На его лице не дрогнул ни один мускул.

— Делать это следует так,— резидент прижал к столу ладони, растопырив при этом пальцы.— Прежде всего вам предстоит сымитировать гибель Ковригиной. Причем сделать это надо таким образом, чтобы ее тело опознали даже самые близкие люди... Вы поддерживаете связь с вашей «железнодорожной» знакомой?

— Да, как и было приказано,— приглашал ее пару раз в Москву, развлекались тут с ней...

— Так вот, роль мертвой Ковригиной предстоит сыграть ей...

Резидент снова остановился и пристально посмотрел в глаза Полунину. В них он увидел только полное равнодушие — Трофим Ильич был готов слушать дальше.

— Детали продумаете сами... Дальше. Ковригину отвезете за город, вам надо будет снять там дачу, и лучше это сделать заранее... Доставите ее туда, а в оговоренное время ее у вас заберут... У вас есть вопросы, Полунин?

— Срок переправки «груза» — дело решенное?

— Да.

— Тогда зачем ее прятать? Зачем создавать такие сложности с трупом? Может, проще похитить ее в день отправки?

— Это было бы проще, конечно. Но нам стало известно, что в течение ближайшей недели Ковригина уезжает в командировку... Поэтому надо сделать все заранее...

— Вы сказали, что тело будут опознавать самые близкие люди... У Ковригиной из близких людей только дочь и домохозяйка. А если они поймут, что Ковригина это не Ковригина... Мы сами наведем гэбэ...

— Это не ваша забота,— оборвал Полунина резидент тоном, дающим понять, что об опознании позаботится кто-то другой.— Круг ваших задач определен, действуйте...

— После выполнения задания... Я могу рассчитывать на эвакуацию? — в первый раз у Полунина была возможность напрямую задать этот мучивший его вопрос тому, от кого зависело его решение.

В «бельмах» резидента мелькнула едва заметная усмешка, и он кивнул Полунину головой.

«Вот и понимай, как хочешь, Трофим Ильич,— подумал Полунин.— Ладно, будем надеяться...»

* * *

— Ах, вот как оно все! Значит — «не мытьем, так катаньем»,— писатель вскочил из-за стола и зашагал по комнате. Пронин внимательно наблюдал за ним.— Хитрые, черти!

Чекист кивнул, соглашаясь с мнением Овалова, и сказал:

— Отвечу тоже поговоркой: «И на старуху бывает проруха!»

— Лучше: «и на шпиона чекист найдется», Иван Николаевич,— улыбнувшись, прокомментировал Овалов.

— Что ж, этот вариант тоже очень неплох...

Глава 8

«ВЕСНА» НОМЕР ДВА

Со времени последней встречи Леночки и Кайгородова прошло четыре дня. Девушка, чье время было занято как раз подготовкой к экзаменационной сессии, почти позабыла о том, что сказал ей чекист.

Конечно, она помнила его слова о том, что в ближайшее время ее помощь может понадобиться, но ведь он постоянно говорил ей это начиная с первой встречи... И пока ничего такого, из ряда вон выходящего, не произошло.

Но в этот раз все было намного серьезнее. Кайгородов позвонил в семь часов вечера. В это время в доме Ковригиных был Павел, который и взял трубку телефона.

— Тебя, какой-то мужчина,— сказал он девушке, протягивая Леночке трубку.

Девушка покраснела, догадавшись, какой именно мужчина может звонить ей в этот час.

Павел деликатно ушел в комнату, как-то странно взглянув на Леночку.

— Алло, говорите, я слушаю,— сказала она в трубку.

— Елена Викторовна, нам надо срочно встретиться,— в голосе Кайгородова явно слышались волнение и тревога, которые тут же передались и девушке.— Это очень важно!

— Хорошо, когда и где? — спросила Леночка, которой очень не хотелось затягивать разговор.

Кайгородов попросил ее быть в сквере возле Большого театра через час. Лене пришлось согласиться.

Положив трубку, она еще некоторое время постояла в коридоре, размышляя над тем, как объяснить этот звонок Павлику. Но подходящей причины она не нашла и, решив — будь что будет, зашла в комнату.

— Паша, мне надо срочно уйти по важному делу...

Парень пристально посмотрел на девушку, но ничего не спросил, ожидая объяснений от нее самой,— дело в том, что еще пять минут назад они собирались пойти в кино.

Лена подошла к Павлику и, заглянув ему в лицо, сказала, по-детски капризно хмуря брови:

— Ну, Паша, ну, мне очень надо, честно... Не устраивай сцен, пожалуйста... Я ничего не могу тебе пока сказать, но потом ты все поймешь...

— Когда? — спросил Павел.

— Ну, Паша, ну, не знаю...

— Хорошо. Могу я тебя хотя бы проводить?

— Нет,— неожиданно резко ответила Леночка,— провожать меня не надо — сама доберусь...

— Но из дома-то хоть вместе можно с тобой выйти? — усмехнулся Павлик.— Или тоже нельзя?

Леночка обиженно посмотрела на Павла и ответила:

— Ладно уж, можно...

Когда они прощались у подъезда, Леночка предложила Павлу:

— Давай завтра в кино сходим?

— Нет, завтра не могу — еду в командировку...

— Опять к прекрасным трактористкам? — ревниво спросила Леночка.

— А об этом, Ела, я ничего тебе не могу рассказать... Потом сама все поймешь...

— Ну и глупый,— сказала Леночка, немного обидевшись на то, что Павлик передразнил ее слова.— Все, мне пора... Звони, как освободишься.

— До свиданья, Елочка,— ответил Павел.

Влюбленные, несмотря на царящее вокруг торжество весны, расстались в этот раз весьма холодно.

Кайгородов уже ждал Леночку на скамейке — одно это уже было неожиданностью для девушки и неожиданностью тревожной.

Сказав свое традиционное «Здравствуйте, Елена Викторовна», чекист даже не улыбнулся, его лицо на мгновение показалось девушке каким-то неживым, словно оно было сделано из камня. Он скупыми фразами пригласил ее посидеть в кафе «Огни Москвы». Они перешли проспект Маркса — и оказались в колоннаде гостиницы «Москва», величественной и шумной. Кайгородов загадочно молчал, жестами приглашая Леночку в лифт. Наконец они расположились за столиком, на веранде над колоннами. Перед ними открывался вид на Александровский сад, Кремль и старые корпуса Московского университета. Официант быстро принес мороженое и фруктовую воду. Кайгородов заказал еще два кофе.

— Елена Викторовна, то, о чем я говорил в прошлый раз, к сожалению, произошло,— начал чекист,— нам нужна ваша помощь. Прежде всего внимательно выслушайте меня, а потом уже задавайте вопросы... Договорились?

Леночка кивнула.

— Хорошо... Ваша мама собиралась в командировку, но теперь эта командировка отменяется. Нам стало известно, что на каком-то этапе поездки на Марию Сергеевну планируется совершить покушение. Профессор Ковригина должна везти с собой очень важные документы, и, конечно, ее должны охранять. Но всего не предусмотришь, и мое руководство приняло решение не идти на такой риск и вообще временно убрать Марию Сергеевну из поля зрения врага. Это необходимо для того, чтобы смешать планы вражеской разведсети и заставить шпионов действовать в рамках той схемы, которую предложим, а точнее сказать, навяжем им мы. Это понятно?

— Да,— ответила Леночка, очень испуганная всеми этими «сетями», «схемами», «операциями», которыми так и сыпал чекист.

— Так вот, для того чтобы полностью обезопасить вашу маму, мы решили инсценировать ее смерть...

— Как это? — еле смогла выговорить Леночка, в один миг забыв об обещании ничего не спрашивать, не дослушав чекиста.— Как это «инсценировать смерть»?

— На непродолжительное время мы поместим Марию Сергеевну в надежное место и, инсценировав несчастный случай на железнодорожном переезде, подменим вашу маму трупом другой женщины, который возьмем из морга... Мы бы, конечно, никогда не пошли на столь неблаговидную, с точки зрения морали, подмену, но дело требует от нас отбросить в сторону все сантименты. Враг тоже не миндальничает с нами... Вы понимаете меня, Елена Викторовна?

Кайгородов говорил тихо, но очень четко. Леночка слышала только его слова — и даже саксофонные вопли модного твиста не могли отвлечь ее от беседы. Она потупила глаза:

— Да...

— Так вот... Исходя из того посыла, что враг подобрался очень близко к работе Марии Сергеевны и, скорее всего, вхож в ее близкий круг общения, главная цель нашей операции — сделать так, чтобы ни один человек не узнал о подмене. И эта самая важная и тяжелая часть операции лежит на вас, Елена Викторовна. Вам предстоит опознание в морге, где вы должны будете признать в представленном вам трупе Марию Сергеевну. Более того, вам придется пройти весь длительный этап соболезнований, похорон, поминок и держать себя при этом соответственно. Кроме вас, меня, руководства МГБ и еще нескольких оперативных сотрудников правду не должен узнать никто...

— А мама?

— Что мама? — не понял вопроса девушки Кайгородов...

— Она знает об этой операции?

— Конечно, нет, Елена Викторовна,— профессор Ковригина узнает обо всем только тогда, когда мы ее вывезем. Это дополнительная гарантия скрытности проведения основной части операции.

Голос Кайгородова звучал настолько зловеще, что Леночку пробрал озноб, несмотря на то, что вечер был очень теплым.

Справившись с секундной слабостью, девушка спросила:

— Когда это все должно произойти?

— Завтра,— жестко ответил Кайгородов.— Поэтому я и вызвал вас так спешно. Завтра поздно вечером вы получите трагическое известие... Вы готовы, Елена Викторовна?

— Да, раз дело того требует, я готова...

— Еще хочу вас известить о том, что для большей достоверности аварии мы подменим и водителя Марии Сергеевны... Вы знакомы с ним?

— Нет...

— Хорошо, но знать вам об этом следует, чтобы не было неожиданностей...

* * *

— Я чего-то не понимаю,— беззаботно спросил Овалов,— он что, экспериментирует с ней, этот ваш Кайгородов? Твоя школа?

— Да уж, он у нас великий экспериментатор. Или — не у нас? — Пронин строго посмотрел на Овалова.

— Так, значит, Кайгородов не чекист,— тихо произнес ошеломленный писатель.— Как же так, Иван Николаевич?

— Вот так, Лев Сергеевич, бывает и такое,— ответил Пронин.— Сыграл на доверчивости девушки, на ее любви к матери — такой вот психологический этюд с мороженым...

— Получается, что они заранее планировали похищение Ковригиной, коль скоро этот тип стал увиваться вокруг ее дочери?

— Я же говорил, что они предусмотрели все... Застраховались от проигрыша полностью, как им казалось... Да, наверное, не один аналитик у них в разведцентре голову сломал над этой операцией...

— Но ведь согласись, Иван,— придумано очень изящно... Пока вы разбираетесь с обстоятельствами смерти — они преспокойно переправляют Ковригину за рубеж, прямо у вас под носом...

Пронин взял с блюдца дольку ароматного лимона и с удовольствием ее разжевал.

— Сейчас, когда я оглядываюсь на эти события, все произошедшее напоминает мне шахматную партию, где один из игроков долго и упорно пытается выстроить сложную комбинацию и, сосредоточившись на игре, теряет из виду ферзя противника. А тот, совершенно неожиданно, ставит мат королю... Понимаешь, во всей этой сложности и мудрености есть своя оборотная сторона — чем сложнее конструкция, тем больше у нее слабых мест...

* * *

А за несколько часов до того как Кайгородов пригласил дочь профессора Ковригиной на очередную конспиративную встречу, начальник АХЧ института занимался реализацией своей части операции.

Полунин заблаговременно сообщил в институт, что не сможет выйти на работу в течение недели по причине болезни, но, конечно, ни к каким врачам Трофим Ильич не пошел, с его «диагнозом» ему не смог бы помочь даже самый высококвалифицированный медик.

Еще вчера он позвонил на почту в село Костылево и попросил позвать к аппарату продавщицу находившегося вблизи магазина. Антонина Григорьевна Меринова ждала звонка из Москвы и, закрыв магазин на большой амбарный замок, незамедлительно явилась.

— Здравствуй, Тонечка,— Трофим Ильич густо сдобрил свой голос романтическими нотками.— Как поживаешь?

— Здрасте, Трофим Ильич,— едва слышно ответила Антонина Григорьевна, которую несколько смущали люди, присутствующие на почте.— У меня все хорошо, а как вы поживаете?

— Отлично, Тонечка,— Полунин сделал легкую паузу в разговоре — специально, чтобы заинтриговать собеседницу.— Я вот что звоню... Хочу тебя на курорт пригласить отдохнуть, в Крым... Там сейчас особенно замечательно...

Антонина Григорьевна даже и мечтать не могла о подобном предложении. «На курорт предлагает ехать, а потом, может быть, и замуж предложит, в Москву перевезет». От предчувствия открывающихся перспектив у продавщицы закружилась голова.

— Как же так, Трофим Ильич? Когда? — спросила она Полунина.

— Завтра тебе надо уже ко мне выезжать, чтобы все оформить, а поедем через три-четыре дня. Решайся, Тонечка,— голос Полунина звучал очень убедительно.

— Завтра? Так как же я все здесь брошу? — Меринова уже приняла решение и знала, что на несколько дней может запросто оставить магазин на свою сменщицу, но для приличия решила поломаться...

— Вот так да,— разочарованно протянул Полунин.— Значит, не сможешь?

— Постараюсь, Трофим Ильич...

— Постарайся, Тонечка, постарайся, моя дорогая.— В голосе Полунина звучала неподдельная страсть, Антонина Григорьевна это почувствовала — она знал толк в таких вещах.— Буду встречать тебя завтра, на вокзале... Приезжай первой же электричкой...

Слов прощания Меринова не услышала — связь прервалась.

Не раздумывая ни минуты, Антонина Григорьевна побежала устраивать свои дела, с тем чтобы ее личное счастье не уплыло из рук.

Утром следующего дня Полунин встречал свою «возлюбленную» на пригородном перроне Казанского вокзала. Меринова заметила его издалека — неприметного Трофима Ильича выделял из толпы снующих туда-сюда людей огромный букет парниковых гвоздик. При виде цветов сердце любвеобильной продавщицы заколотилось с бешеной силой, похоже, все ее радужные предположения подтверждались. «А иначе стал бы он тратиться на такой дорогущий букет? Он, поди, как вся моя получка стоит,— подумала Антонина Григорьевна.— Не иначе, будет замуж звать ... Так что быть тебе, Тоня, москвичкой, женой важного хозяйственного работника...»

Полунин и Меринова степенно поздоровались, и Трофим Ильич, деликатно поцеловав женщину в щеку, вручил ей цветы. Антонина Григорьевна зарделась — она, может быть, впервые в жизни почувствовала себя по-настоящему счастливой.

А дальше все уже и совсем было похоже на сказку. Полунин был на служебном автомобиле — бежевая «Победа» с начищенным до блеска кузовом лихо понесла «влюбленных» по широким проспектам столицы. Трофим Ильич сразу же взял инициативу в свои руки.

— Сегодня вечером идем в ресторан,— сказал он,— так что я хотел бы, чтобы ты, Тонечка, выглядела на все «сто». И прошу тебя, доверь мне полностью свое преображение.

Он посмотрел на Антонину так, что она не стала бы ему перечить, даже если бы собиралась, а отказываться от предложения «влюбленного» хозяйственника она не собиралась.

— Хорошо, Трофим Ильич, я вся в вашей власти... — ответила Полунину Антонина фразой, услышанной ею в какой-то кинокартине из старорежимной жизни.

Трофим Ильич улыбнулся и сказал:

— Еще, Тоня, давай договоримся: называй меня просто — Трофим... Хорошо?

— Хорошо, Трофим Ильич... Ой, Трофим...

Полунин потешно погрозил пальцем своей даме, и Меринова немного нервно рассмеялась.

Сначала они направились в парикмахерскую, где, следуя указаниям Полунина, молодая мастер Верочка сделала Мериновой модную прическу, именовавшуюся элегантным заграничным словом «каре». Пока шел процесс создания новой внешности Антонины Григорьевны, Трофим Ильич вышел на время и кому-то позвонил из уличного телефона-автомата. Затем он снова вернулся в парикмахерскую, подошел к креслу, где молоденькая Верочка священнодействовала над прической его дамы. Полунин, улыбаясь, взглянул на Меринову и спросил:

— Ты довольна, Тонечка?

Та кивнула в ответ — еще бы ей быть недовольной — под ножницами парикмахера Антонина Григорьевна превратилась из заурядной сельской продавщицы во вполне респектабельную городскую даму.

— Верочка,— обратился Полунин к парикмахеру,— а нельзя ли нам немного добавить каштанового цвета?

— Отчего же нельзя, можно... Только это, конечно, займет чуть больше времени,— ответила парикмахер.

— Ничего, ничего, этого добра у нас достаточно... Ты не устала, Тоня?

— Нет,— Антонина Григорьевна была готова вытерпеть все, только бы Трофим Ильич был доволен.

Прошел еще час, и, наконец, преображенная Тоня вышла из зала. «Перспективный жених» ждал ее в холле, где, сидя в глубоком кресле, читал журнал «Огонек».

Меринова подошла к нему так, что Полунин не заметил этого, и негромко спросила:

— Ну, как, Трофим?

Трофим Ильич поднял глаза, и в его взгляде Антонина прочитала полный восторг:

— Тонечка, у меня просто нет слов,— сказал он.— Ты великолепна...

Кстати, Полунин заплатил за все сам, категорически отказавшись от денег, скромно предложенных сельской продавщицей. Он даже незаметно сунул сотенную бумажку в карман Верочки, благодаря ту за отличную работу.

Меринова была очарована, она все еще не могла поверить в то, что все это происходит с ней наяву.

Но, как выяснилось, парикмахерская была только присказкой — впереди Антонину Григорьевну ждала настоящая сказка.

— Давай в ГУМ,— сказал Полунин водителю, когда они снова были внутри бежевой «Победы». Потом он повернулся к Антонине Григорьевне и пояснил:

— К такой прическе и туалет соответственный требуется, а для этого ГУМ — идеальное место...

— Может быть, не надо,— несмело попыталась возразить вконец смущенная женщина, но Полунин мягко одернул ее:

— Надо, Тонечка, надо... Ты же обещала мне не возражать...

А Антонина Григорьевна не особенно и старалась... Ну какая женщина, тем более в таком «непростом» возрасте, откажется от такого? Ответ очевиден...

В ГУМе Полунин повел Антонину прямиком в магазин готовой женской одежды. Среди вывешенных на витринах элегантных костюмов и платьев, среди суетящихся вокруг симпатичных продавщиц Антонина Григорьевна, одетая в свое несколько потертое пальто, чувствовала себя неуютно. Полунин же, наоборот, вел себя так, будто покупка женской одежды для него совершенно привычное занятие.

Он подвел Антонину к отделу, где продавались женские костюмы, и практически сразу выбрал один из них. Это был отечественный серый костюм в мелкую зеленую полоску, как показалось Тоне — такой не стыдно было бы надеть даже киноактрисе.

Меринова зашла в примерочную кабинку и быстро переоделась. Из зеркала на нее смотрела стройная, элегантно одетая незнакомка. Антонина Григорьевна была поражена — даже во сне она не могла представить себя такой, хотя в своем совхозе она слыла модницей...

«Эх, видели бы меня сейчас там или в торге — точно бы не признали!» — удовлетворенно подумала женщина.

Она расстегнула приталенный пиджак и под петлей средней пуговицы увидела ярлык ценника. Меринова посмотрела на него и обомлела еще больше — костюм ленинградской фабрики «Большевичка» стоил пятьсот шестьдесят рублей! Это были большие деньги. «Интересно, что скажет Трофим, когда увидит цену,— подумала она.— Это ведь очень дорого... Жаль, если придется расстаться с этой красотой...»

Она решила не снимать костюм и продемонстрировать его Полунину, но, когда вышла из примерочной, не нашла его в отделе. К Антонине Григорьевне подошла услужливая продавщица и очень вежливо спросила:

— Вам завернуть или вы останетесь в нем?

Антонина Григорьевна растерянно оглянулась и спросила девушку:

— А где мужчина, с которым я пришла?

Девушка улыбнулась и ответила:

— Он оплатил покупку и пошел в другой отдел, просил вас дождаться его и пока подобрать вам сорочки, чулки и прочую мелочь... Прошу вас, я помогу...

Антонина Григорьевна покорно пошла вслед за улыбчивой девушкой — чудеса и не думали заканчиваться.

Меринова быстро освоилась в магазине и, уже не чувствуя прежней неловкости, стояла у прилавка и выбирала «мелочи», без которых туалет изящной дамы нельзя назвать полностью законченным.

Вдруг из-за спины кто-то легонько прикоснулся к ее плечу, и она услышала глубокий женский голос:

— Машенька, добрый день, что выбираешь?

Антонина Григорьевна обернулась и увидела перед собой высокую красивую женщину в изящном норковом полупальто.

— Ох, извините,— сказала незнакомка, увидев лицо Мериновой.— Я перепутала вас со своей подругой... Вы так похожи... Извините...

Дама легко кивнула Мериновой и уплыла, не ушла, а именно уплыла — так плавно она двигалась.

— Знаете, кто это? — полушепотом спросила Антонину Григорьевну молоденькая продавщица, демонстрирующая ей товар, и сама же ответила: — Это Екатерина Миллер, известная поэтесса. Она еще слова к песне «Подснежники» написала и к другим многим тоже. Она почти каждую неделю к нам заходит и всегда что-нибудь покупает — такая модница...

В голосе девушки слышалась явная зависть. Что ж — Антонина Григорьевна прекрасно ее понимала.

Вскоре вернулся Полунин, прижимая к груди большой бумажный пакет с фирменной эмблемой ГУМа. Он с не меньшим, чем в парикмахерской, восторгом отреагировал на изменения, произошедшие с Антониной Григорьевной.

Трофим Ильич засунул руку в пакет и достал оттуда маленькую коробочку с цветной этикеткой. Он протянул ее счастливой «невесте» со словами:

— А это дополнение ко всему — самый модный аромат на сегодняшний день, как мне сказали в парфюмерном отделе.

Надпись на коробочке гласила: «Ландыши». Антонина тут же открыла упаковку и, вынув тугую пробку из миниатюрного флакончика матового стекла, понюхала ее. Духи действительно пахли великолепно.

Когда они уходили из отдела, Антонина Григорьевна, оглянувшись, чтобы попрощаться с услужливой продавщицей, снова увидела в ее глазах зависть, но на этот раз завидовала она ей — женщине, которая всего несколько часов назад была заведующей заурядным магазинчиком в далеком селе Костылево.

По дороге к автомобилю Антонина рассказала Полунину о забавной путанице, которая произошла в магазине,— о том, как известная поэтесса приняла ее за какую-то Машеньку.

Полунин повеселился рассказу Антонины Григорьевны и сам себе поставил оценку «отлично» — поэтесса, сама того не ведая, высоко оценила его работу по превращению простоватой сельской продавщицы Мериновой в профессора, члена-корреспондента Академии наук СССР Марию Сергеевну Ковригину.

* * *

— Сложно даже представить,— задумчиво сказал Лев Сергеевич,— что люди способны действовать с таким цинизмом, с такой изощренной звериной жестокостью... Как так может быть, Иван Николаевич?

— Ну, звери, я думаю, Лев Сергеевич, не способны на подобное,— серьезно ответил Пронин.— А вот некоторые люди — вполне. И, главное, заметь — такие, с позволения сказать, «человеки» прекрасно осознают мотивы своих поступков, делают все взвешенно и очень хладнокровно. Это — настоящие, матерые враги, с которыми надо биться безо всякой пощады... Но они обычно мелкие пешки в чьей-то крупной игре, а их хозяева — еще страшнее. Эти способны движением одного пальца принести в жертву своим меркантильным интересам миллионы человеческих жизней... Для них — это просто статистика...

— Я всегда удивляюсь, как ты на протяжении долгих лет не устаешь бороться с этими «нелюдями»?

— Это сложно, Лев Сергеевич... Когда я только начинал работать в ЧК, я постоянно ловил себя на мысли, что не смогу долго проработать в органах. Мне казалось, я слишком слаб духом, чтобы даже спокойно разговаривать со всеми этими предателями и убийцами... Но он,— Пронин почтительно кивнул на бронзовый бюстик Дзержинского, стоящий на письменном столе чекиста,— Железный Феликс, он учил, чтобы наш разум оставался холодным, сердце горячим, а руки чистыми... И если мы в средствах борьбы уподобимся нашим врагам, вскоре мы станем такими же, как они.

Пронин вдруг замолчал, наклонился над столом к писателю и совсем тихо продолжил:

— И чем дольше я живу, тем больше начинаю осознавать, что цвет флага, под которым ты воюешь, имеет важное, но только второстепенное значение. Главное — оставаться Человеком... Остаешься Человеком — и тогда наша идеология только усиливает твою правоту. Но стоит только потерять человеческое лицо, и никакая идея не сможет оправдать того, что ты превращаешься в «зверя»...

От слов Пронина веяло крамолой, но в душе Овалов был полностью с ним согласен. Это были слова мудрого человека, слова настоящего чекиста-большевика, учившего диалектику не только по Гегелю.

* * *

Утро следующего дня началось для Антонины Григорьевны поздно, далеко за полдень, и началось оно с головной боли — «невеста» явно перебрала вина за вчерашним ужином, который устроил Трофим Ильич у себя дома. В ресторан они не поехали — решили провести вечер в интимной обстановке.

Антонина Григорьевна лежала в постели, которую гостеприимный Трофим Ильич расстелил ей на диване, сам он лег на полу, что еще раз продемонстрировало Мериновой всю серьезность его намерений.

А намерения у Полунина действительно были серьезные. Он встал рано и чувствовал себя отлично — сам он вчера выпил совсем немного, стараясь подливать как можно больше в бокал Антонины.

Убедившись в том, что женщина все еще крепко спит, Полунин осторожно прошел на кухню, чтобы проверить приготовленные им загодя и спрятанные в духовке газовой плиты смертоносные «инструменты» — три небольших шприца в виде самопишущих ручек, наполненных сильнодействующим снотворным, и бензиновую зажигалку, в которую был замаскирован небольшой пистолет.

Один из шприцев был предназначен для пока еще крепко спящей за стенкой «возлюбленной» Полунина, второй был приготовлен для Ковригиной. Третий шприц был запасным. Снотворное, которым были снаряжены самопишущие перья, действовало почти мгновенно, жертва успевала только почувствовать легкий укол и сразу же проваливалась в глубокий тяжелый сон.

Вся прелесть этого коварного состава, разработанного еще специалистами нацистского абвера, состояла в том, что обнаружить его в крови жертвы при проведении экспертизы было практически невозможно.

Трофим Ильич разложил «инструменты» по карманам пиджака, висевшего на вешалке в прихожей, и, как ни в чем не бывало, пошел готовить завтрак.

Итак, Антонина Григорьевна лежала в постели, пытаясь осознать то, что произошло с ней вчера. Сначала она подумала, что ей приснился сон, но, увидев на спинке стула возле кровати свой новый костюм и уловив приятный аромат дорогих духов, она поняла, что все произошедшее с ней — правда.

Антонина Григорьевна еще не успела до конца обдумать все перспективы своего, ставшего уже почти реальным, «личного счастья», когда в комнату вошел Полунин, держа в руках металлический поднос с завтраком.

— Доброе утро, Тонечка,— ласково сказал он, присев на краешек дивана.— А я тебе завтрак приготовил...

— Ой, зачем, Трофим, я бы сама,— ответила растерявшаяся продавщица.

— Ничего, ничего, не беспокойся — ведь ты у меня в гостях... Пока...

От этого «пока» сердце женщины учащенно забилось, ведь это слово могло означать только одно: Трофим готовится сделать ей предложение. Что ж, она готова выйти за него прямо сейчас... Ей даже показалось вдруг, что она уже влюбилась в этого неприметного с виду, немного загадочного, но очень обаятельного человека.

За завтраком Трофим Ильич посвятил «свою Тонечку» в планы на сегодняшний день. Он наметил небольшую автомобильную экскурсию по Москве, а ближе к вечеру — поездку на дачу, ключи от которой ему любезно предоставил один сослуживец.

— Сделаем шашлычки, посидим, поговорим под майскими звездами. Ночи сейчас уже такие теплые... — мечтательно сказал Полунин.— Что может быть прекраснее майских ночей в Подмосковье?

Когда бежевая «Победа» несла их по широким московским проспектам, искрящихся свежестью после прошедшего недавно «слепого» дождика, Антонина Григорьевна вдруг заметила случайный взгляд водителя, который искоса посмотрел на женщину в зеркало заднего вида. Что-то во взгляде этого молчаливого человека, которого Полунин даже ни разу не назвал по имени, с некрасивым багровым шрамом на правой щеке, очень сильно напугало продавщицу. Ей показалось, что он посмотрел на нее с какой-то нехорошей усмешкой, за которой таилось нечто ужасное. Но больше таких взглядов с его стороны Антонина Григорьевна не заметила, и поэтому вскоре все забылось.

После того как Меринова и Полунин перекусили в чебуречной недалеко от Садового кольца, Трофим Ильич, вытирая платком жирные губы, сказал:

— Ну что, Тоня, я думаю, что осмотр достопримечательностей столицы можно считать на сегодня законченным. Поедем-ка на дачу! Утомила меня что-то эта городская суета...

Они заехали за продуктами в «Елисеевский», где Полунин в очередной раз удивил продавщицу той легкостью, с которой он тратит деньги. Трофим Ильич закупил осетрового балыка, приобрел полкило замечательного сырокопченого рулета, большой кусок свежей буженины, несколько бутылок дорогого марочного портвейна.

Помимо этого он не забыл и про шоколадные конфеты для своей дамы.

Бежевая «Победа» понесла их за город. Было около шести часов вечера, когда они подъехали к самым окраинам столицы.

Полунин велел водителю остановиться у ближайшего телефона-автомата и куда-то позвонил. Вернувшись в машину, он объяснил:

— Позвонил приятелю, на дачу которого мы едем,— предупредил, чтобы он не нагрянул неожиданно...

На самом же деле он звонил на проходную лабораторного комплекса в Рассадине и, представившись сотрудником института, поинтересовался, на месте ли профессор Ковригина. Словоохотливый вохровец охотно рассказал Полунину, что профессор в лаборатории и, скорее всего, уедет поздно, так как ее шофер покинул территорию и сказал, что вернется назад не раньше девяти часов.

«Значит, осталось около четырех часов. В принципе, время есть... Но все-таки будет лучше, если мы предусмотрим все и займем место прямо сейчас... Время действия барбитурата — около шести часов, этого вполне достаточно... Значит, пора приступать...»

Антонина Григорьевна смотрела в приоткрытое окно автомобиля, подставив лицо весеннему солнцу, которое уже начало свое движение к закату. Ветер нес по небу редкие облачка...

— Ну что, Антонина,— услышала она голос Полунина, звучавший как-то безжизненно.— Теперь нам пора прощаться...

До Антонины Григорьевны не успел даже дойти смысл слов, произнесенных Трофимом,— она вдруг почувствовала легкий укол в шею, а потом весь мир вокруг стал как-то гаснуть, как будто огромная черная туча вдруг накрыла солнце. Последним, что увидела продавщица сельского магазина Меринова, были ледяные глаза, по-змеиному пристально смотревшие на нее из зеркальца заднего вида.

Полунин даже не взглянул на завалившееся на бок, обмякшее тело своей несостоявшейся невесты. Он залез рукой в бумажный пакет, в котором лежали продукты, купленные в магазине, достал сырокопченый рулет и жадно оторвал зубами большой кусок. Прожевав, он объяснил молчаливому водителю:

— Меня после этого дела очень пожрать тянет...

«Палач», казалось, даже не услышал слов Полунина — он внимательно вглядывался в серую ленту дороги, несущуюся навстречу бежевой «Победе».

Для лучшего усвоения тяжелой пищи рулет был запит «Боржомом», бутылочка которого также имелась в бумажном пакете из «Елисеевского».

Глава 9

КРАЙНЯЯ МЕРА

— Иван Николаевич, а почему Ковригину не охраняли наши люди? — спросил Лев Сергеевич, когда Пронин остановился, чтобы разыскать свой портсигар.

— Понимаешь, не было для этого никаких объективных причин... Представляешь, сколько ученых у нас в столице, да и по всей стране? Чтобы каждого хотя бы одним охранником обеспечить, нужно новое министерство создавать... Тебя послушать, так к каждому гражданину надо сотрудника приставить — вот тогда точно всех шпионов изловим, и останусь я без работы.

Пронин наконец нашел портсигар и проделал свои обычные манипуляции с папиросой. Овалов заметил, что, вставив папиросу в зубы, чекист машинально побил себя ладонями по боковым карманам брюк.

— Спички ищешь, Иван Николаевич?

— Дурацкая привычка,— усмехнувшись, ответил Пронин,— рефлекс. Лет семь уже как не курю, а спички по карманам все равно искать продолжаю... Самое интересное, что я за свою жизнь столько разных образов на себя примерял и на долгое время, что называется, «входил в роль» — приобретал специфические привычки... Но потом легко от них избавлялся. А от этой вот не могу... Старею, наверное...

— А может, потому, Иван, что эта привычка правильная, настоящая — твоя?

— Правильная привычка,— повторил чекист слова Овалова.— Такое выражение только писатель может придумать...

* * *

Мария Сергеевна освободилась в половине десятого вечера. Попрощалась с коллегами, которые обычно расходились еще позже, и стала собираться домой. Она зашла в свой маленький кабинетик, расположенный в правом крыле лаборатории, сняла белый халат, мельком взглянула на себя в зеркало и, взяв сумочку, пошла к выходу.

Охранник как всегда пристально посмотрел ее пропуск и, лихо козырнув на прощание, нажал на кнопку электрического замка, запиравшего бронированную дверь, которой был защищен вход в сверхсекретную химическую лабораторию «Семьбис».

В ярко освещенном дворе лабораторного комплекса ее ждал служебный черный ЗИС. Увидев Марию Сергеевну, шофер вышел из машины и предупредительно распахнул правую заднюю дверь.

Марии Сергеевне нравился ее новый водитель — молодой, немногословный, исполнительный и вежливый парень. Никита совсем недавно вернулся из армии, и в его поведении еще были очень заметны армейские привычки.

— Как дела, Никита? — спросила Мария Сергеевна парня, когда устроилась в уютном салоне ЗИСа.

— Все в порядке, Мария Сергеевна,— ответил водитель.— Как впряглись, так и едем. А изобретут вечный двигатель — и бензином затариваться не надо будет!

Они выехали с территории лабораторного комплекса, показав пропуска сонному вохровцу, так не похожему на подтянутых и всегда настороженных охранников лаборатории «Семь-бис».

Обычно дорога от Рассадина до Москвы занимала не больше сорока минут, и Мария Сергеевна привыкла занимать это время неспешными размышлениями о работе или о жизни — все зависело от настроения.

Сегодня настроение было немного грустным, наверное, потому, что ночью ей снился Виктор. Он пытался что-то сказать жене, но, сколько она ни вслушивалась, так и не поняла ни слова. Виктор ушел куда-то вдаль — такой, каким она запомнила его в ту осеннюю ночь тридцать девятого, только выражение его лица было очень печальным.

Раздумья Марии Сергеевны неожиданно прервал удивленный возглас водителя:

— Откуда здесь орудовцы?

Машина ехала по темному проселку, недалеко от железнодорожного переезда — Никита всегда ездил так, чтобы «срезать» путь. Неожиданно в свете фар посередине дороги возник милиционер с требовательно поднятым жезлом в руке.

Никита остановил машину и вышел на дорогу. К нему подошел орудовец и что-то негромко сказал, показывая рукой куда-то в сторону. Водитель Ковригиной что-то ответил ему, и они вдвоем не спеша пошли в указанном милиционером направлении.

Мария Сергеевна открыла дверь и вышла из машины, решив подышать немного свежим весенним воздухом. Прошло несколько минут, и из темноты снова вышел милиционер и направился прямиком к Марии Сергеевне.

Он шел в тени, и его лица Ковригина сначала не разглядела. Потом, когда он уже был рядом, блик от стекол автомобиля на мгновение осветил его. Мария Сергеевна успела заметить глубокий уродливый шрам на лице милиционера. В следующее мгновение она почувствовала болезненный укол в плечо и, теряя сознание, увидела тень, мелькнувшую у нее за спиной.

Полунин подхватил на руки обмякшее тело Ковригиной и с помощью подоспевшего Палача ловко взвалил его на спину.

— Где шофер? — спросил он, и его «напарник» ответил, указав рукой направление:

— Там...

Голос Палача, который Трофим Ильич слышал впервые, звучал неожиданно высоко, даже пискляво. «Так вот почему ты всегда молчишь,— мелькнула злорадная мысль в голове Полунина.— Ты не Палач, а просто Пискляч».

Пока Палач заводил ЗИС, Полунин успел дотащить Ковригину до «Победы», спрятанной в кустах недалеко от дороги. Он положил тело на землю, открыл дверцу салона и, покряхтывая, вытащил оттуда спящую Меринову. Трофим Ильич положил продавщицу на траву рядом с Ковригиной и, включив карманный фонарь, сравнил их. Действительно, они были очень похожи. Полунин переложил все предметы из карманов Марии Сергеевны в костюм Мериновой, поменял обувь женщин, а затем затащил Ковригину на место Антонины — в салон бежевой «Победы». Аккуратно и даже нежно разместив ценный «груз» на заднем сиденье машины, Полунин вдруг случайно что-то задел рукой на полу салона. На ощупь он вытащил из-под сиденья пожухлый букет гвоздик — тот самый, с которым он встречал Меринову на вокзале. Вчера, в спешке, Антонина Григорьевна забыла их в салоне. Трофим Ильич усмехнулся и выбросил цветы из машины — они упали рядом с бездыханным телом сельской продавщицы.

Тем временем Палач уже поместил в машину труп Никиты, убитого им одним тренированным ударом ребра ладони по горлу, и подогнал ЗИС к «Победе». Вдвоем с Полуниным они поместили в салон ЗИСа Меринову. Палач уже собрался было захлопнуть дверь машины, но Полунин жестом остановил его. Он подобрал с земли букет увядших цветов и, ухмыльнувшись, аккуратно положил их на колени Антонины Григорьевны.

— Прощай, Тонечка,— сказал он и резким движением захлопнул дверь автомобиля.

Проделав все эти манипуляции, Полунин остановился, чтобы отдышаться и подумать, все ли сделано правильно, ничего ли не упущено. «Вроде все»,— решил он через мгновение и велел Палачу:

— Садись за руль и гони ЗИС к переезду. Я поеду следом за тобой.

Вскоре служебная машина Ковригиной стояла на железнодорожном пути, по которому часто ходили маневровые паровозы. Палач поставил автомобиль так, чтобы машинист мог заметить его только перед самым столкновением, когда затормозить уже будет невозможно.

Полунин подобрал Палача, и они решили перестраховаться — дождаться здесь появления паровоза. Палач, переодевшись, вновь сел за руль «Победы». Он быстро нашел очень удачное место в придорожных кустах, откуда был отлично виден ЗИС, замерший на железнодорожном полотне. Оставалось только ждать...

Меринова очнулась от резкого запаха гвоздик. Она с трудом открыла глаза и огляделась — кругом была беспросветная тьма. Голова ужасно болела, во всем теле ощущалась необычайная слабость. Неожиданно женщина почувствовала дрожание земли, и ее голова наполнилась сильным металлическим гулом, который с каждой секундой становился все сильнее и ощутимее. Меринова попыталась приподняться, но тело было как будто залито свинцом и абсолютно не подчинялось воле женщины. Она ничего не могла вспомнить, не могла понять, где находится, ощущала какое-то тупое безразличие.

Гул все нарастал, и по его силе уже можно было понять, что он не внутреннего, а внешнего происхождения. Вдруг прямо за спиной Антонины Григорьевны вспыхнул яркий свет. Женщина увидела, что сидит в просторном салоне автомобиля, а над водительским сиденьем торчит чей-то затылок. Сделав недюжинное усилие, она наклонилась вперед и заглянула на водительское место.

Завалившись на бок, там сидел молодой парень, смотревший на Меринову неживыми остекленевшими глазами, из левого уголка рта у него стекала багровая струйка.

Гул неотвратимо надвигался, становясь абсолютно невыносимым. Меринова, все еще не вышедшая из ступора, оглянулась и увидела огромный светящийся шар, который летел на нее с невероятной скоростью. Снова в нос ударил резкий запах гвоздик. Это было последнее, что почувствовала в своей жизни Антонина Григорьевна Меринова. Машинист тяжелого паровоза марки

«ФД» слишком поздно заметил на путях черный автомобиль. Пятидесятитонная махина, двигающаяся по железной дороге со скоростью шестьдесят километров час, в одно мгновение превратила сверкающий глянцем черный ЗИС в груду покореженного металла...

Бежевая «Победа» тихо, с погашенными фарами, выехала из своего укрытия и по темным проселкам понеслась к шоссе, с каждой секундой все дальше и дальше уезжая от Москвы.

«Вот и все,— думал Полунин,— наконец дело закончено. Теперь отвезем дамочку на дачу, а дальше — уже не моя забота. А там, глядишь, вскорости — прощай, страна героев, страна мечтателей, страна ученых...»

Полунин зло ухмыльнулся и, обернувшись, бросил взгляд в глубь салона автомобиля. Ковригина неподвижно лежала на сиденье.

«Интересно, сколько стоит эта дама, ежели из-за нее столько суеты? — продолжил Трофим Ильич свои размышления.— Да, она — это не мы, рядовые винтики, это совсем другой уровень. Если согласится на них работать, будет купаться в такой роскоши, которая ей здесь даже не снилась... А не согласится — заставят. И даже силы применять при этом не придется: сделают укол, сама все расскажет, как по писаному...»

Полунин искоса взглянул на Палача-Пискляча. Тот с непроницаемым лицом следил за едва видневшейся в свете фар дорогой.

Полунин достал пакет с едой, который уже изрядно полегчал. Оттуда им был извлечен сверток с нарезанным тонкими пластинками янтарным осетровым балыком и бутылка марочного массандровского портвейна «Крымский».

Перочинным ножиком Трофим Ильич вытащил пробку и прямо из горлышка отпил солидный глоток терпкого напитка. Он поедал балык и пил вино, не чувствуя никакого вкуса,— безо всякого удовольствия. Просто так — едой и вином — он привык снимать нервное возбуждение, которое проявлялось в нем зверским аппетитом и жаждой.

До дачного поселка Обручево, где Полунин снял дачу, предъявив хозяйке подложный паспорт на имя Семена Михайловича Берга, оставалось не больше часа езды.

Мария Сергеевна очнулась, когда «Победа», повиляв по лабиринтам проселков, подбиралась, наконец, к грунтовой трассе. То ли западные специалисты недолили в шприц, предназначенный Ковригиной, снотворное, то ли организм женщины оказался сильнее заграничного зелья — так или иначе, она очнулась. В отличие от Мериновой, которая до самой смерти так и не поняла, что произошло, Мария Сергеевна, хотя и с большим трудом, попыталась проанализировать события, произошедшие с ней перед тем как она потеряла сознание. Какой-то внутренний голос подсказал ей, что пока нужно сидеть спокойно и не подавать виду, что она очнулась. Ее профессия предполагала знание основ физиологии и фармацевтики, и Мария Сергеевна поняла, что находилась под воздействием какого-то сильнодействующего снотворного. Вспомнила она и укол, который почувствовала, перед тем как потерять сознание. Это еще более укрепило ее в мысли, что ей сделали инъекцию какого-то сильнодействующего средства. «Свои бы никогда со мной такого не допустили,— поняла вдруг женщина.— Это значит, что люди, сделавшие это,— враги...»

Мария Сергеевна лежала на заднем сиденье в салоне незнакомого автомобиля, и судя по торчащим над спинками кресел макушкам, на передних местах находились еще двое человек. Они молчали.

— По трассе направо гони до сорокового километра — там будет указатель,— неожиданно сказал один из сидящих на переднем сиденье. Тембр голоса говорившего показался Ковригиной знакомым, но вспомнить, где она его слышала, Мария Сергеевна сразу не смогла. Неожиданно тот же самый голос гнусаво затянул припев популярной песенки:

...Подснежники, не склеишь осколки мечты.
Подснежники, со мною прощаешься ты.
Подснежники, а значит, настанет весна,
И все, что прошло, возвратит нам она...

— Представь, я вчера в ГУМе,— сказал «знакомый» водителю, когда допел,— повстречал эту самую — Катерину Миллер, которая эту песню сочинила. Та-а-кая женщина, скажу я тебе...

В голосе говорившего явно слышались пьяные нотки, Мария Сергеевна даже почувствовала легкий запах винного перегара. Водитель ничего не ответил на откровения «знакомого», и тот замолчал, тихонечко намурлыкивая под нос какую-то очередную мелодию.

«Победа» замедлила ход — проселок закончился, и автомобилю надо было выехать на довольно высокую насыпь грунтовой трассы. Урча мотором, машина поползла вверх, выбрасывая из-под колес куски жирной грязи. Забравшись наверх, «Победа» оказалась поперек трассы, и водитель на мгновение остановился, чтобы переключить передачу, как вдруг бежевый бок автомобиля осветил резкий свет фар.

Мария Сергеевна среагировала мгновенно: она, резко, насколько позволяли силы, вскочила на сиденье и, прижав лицо к стеклу, попыталась открыть дверцу. Но Полунин оказался быстрее — уловив за спиной неожиданное движение, он быстро достал из кармана запасной шприц, сорвал колпачок и, обернувшись, всадил иглу в шею Ковригиной.

Женщина обмякла почти мгновенно, но в свете фар проезжающего мимо автомобиля успела разглядеть лицо своего похитителя.

«Полунин»,— пронеслось в голове Марии Сергеевны, прежде чем ее сознание вновь накрыла черная пелена.

«Победу» осветил «газик», неожиданно показавшийся из-за поворота дороги. Водитель успел среагировать вовремя и, снизив скорость, уверенно обогнул остановившуюся посреди дороги машину. «Газик» недовольно просигналил нерадивой «Победе» и, набрав обороты, вскоре скрылся из виду.

— Как думаешь, заметили? — встревоженно спросил Полунин и тут же начал оправдываться: — Кто же знал, что она так быстро очнется? Наверное, шприц был бракованный... Как думаешь, заметили?

Палач продолжал молча вглядываться в дорогу, и Трофим Ильич, сделав глоток из почти пустой бутылки портвейна, сам ответил на свой вопрос:

— Да не заметили... Заметили бы — остановились... Носятся, как черти!

***

— Не верится даже, Иван Николаевич, что такое в нашей стране может происходить,— Овалов задумчиво поглядел в окно, за которым наливались синевой прохладные летние сумерки.— Не могу поверить, что враги могут так нагло вести себя на нашей земле!

— Могут, Лев Сергеевич, могут! Жестокость, хладнокровный расчетливый цинизм, жадность — именно на эти человеческие пороки делают ставку западные господа, отбирая своих агентов. Бесспорно, такие типы, как этот Полунин,— опасные, умные и изворотливые враги, но... пути предательства и измены все равно приводят к одному концу...

— Знаешь, что еще мне кажется удивительным в твоем рассказе?

— Что?

— То, что все события подчинены какому-то непонятному алгоритму: всегда возникают какие-то случайные обстоятельства, которые не дают врагам одержать верх... Как ты говоришь, фатум...

— Да, в этом деле было много случайностей,— задумчиво ответил Пронин,— и доля участия «фатума» в нем довольна велика. Но на самом деле главный фактор, который способствовал нашей победе,— это бдительность и ответственность наших простых советских людей... Без их помощи мы были бы бессильны...

* * *

Бобров скинул скорость и, быстро провернув «баранку», обогнул бежевую «Победу». За те секунды, что Сергей совершал ловкий маневр, Паша успел заметить в заднем окне «Победы» овал женского лица. У молодого журналиста было отличное зрение, и он смог даже разглядеть черты. Женщина была удивительно похожа на Марию Сергеевну, Павел в первые секунды был даже почти уверен, что это она, но потом решил, что обознался.

«Откуда ей здесь взяться? — задал он себе абсолютно логичный вопрос и сам же на него ответил: — Неоткуда, наверняка "мама",— а именно так ласково называл Паша про себя профессора Ковригину,— уже давно дома...»

— Вот дачники, черти,— никак не мог успокоиться Бобров после опасной встречи на ночной дороге,— напьются и ездят по ночам... Кто таким только права выдает?!

— Почему дачники? — удивленно спросил водителя Павел.

— Да машина-то наверняка московская,— ответил Бобров.— Здесь кругом одни деревни, а откуда, скажи ты мне, в деревне «Победе» взяться... Потом, помнишь, мы указатель «Обручево» проезжали полчаса назад — там большой дачный поселок, они туда и двинули наверняка. Сто процентов — кончилась водка, вот и погнали в какую-нибудь деревню за самогоном. ОРУДа на них нет!

— Грамотно рассуждаешь, Серега, с твоими способностями — только в органах и работать...

Бобров улыбнулся:

— А что, вот закончу институт и подамся в МГБ — буду шпионов ловить...

Павел вдруг задумался — разговор с Сергеем навеял ему воспоминания детства. Паша родился в семье военного, и, когда мальчику исполнилось одиннадцать лет, отца перевели служить в Прибалтику. Шел сорок первый год. В начале июня Пашу отправили в пионерский лагерь под Ригой. Двадцать второго числа веселый отдых детей прервала война. Позже Паша узнал, что отец и мама погибли в первые же минуты войны — немецкая бомба попала прямо в дом, где жили семьи командного состава. Детей из лагеря стали срочно эвакуировать в глубь страны, но прорвавшиеся гитлеровские войска перерезали пути отступления. Паша около месяца в одиночку скитался по лесам, а потом его, изможденного и голодного, подобрал отряд латышских партизан...

— О чем задумался, Паша, или уже в сон тянет? — Вопрос Боброва отвлек журналиста от воспоминаний.

— Какой там сон, Сергей,— ответил он.— Сейчас засяду в редакции — сегодняшний материал завтра должен пойти в номер... Буду сидеть до самого утра...

— Не тяжело так работать?

— Нормально. У тебя, что ли, работа проще?

— Да что там — знай за баранку крепче держись, и все дела... А ты пишешь, это другое дело. У меня вот таких способностей не имеется...

Так, неспешно беседуя о том о сем, приятели добрались до столицы. Бобров высадил Пашу возле редакции и погнал свой «газик» в автопарк. Приближалась полночь.

Паша зашел внутрь огромного здания редакции, поднялся на второй этаж, где размещались рабочие помещения репортеров. Несмотря на позднее время, коллектив редакции почти в полном составе был на своих местах. По дороге здороваясь с коллегами, Паша прошел в кабинет редактора.

Редактор, высокий мужчина лет пятидесяти с худощавым приветливым лицом и стройной подтянутой фигурой, тепло поприветствовал репортера.

— Вернулся, Паша? Как поездка? Много материала? — немедленно засыпал он Пашу вопросами.

Зная эту привычку шефа, Павел подождал, когда поток вопросов иссякнет, и по порядку коротко ответил на них:

— Вернулся... Удачная поездка... Материала достаточно...

Редактор выслушал ответ парня и сказал:

— Коль скоро все хорошо — такой вопрос: твоего материала хватит на две колонки?

— Вполне,— уверенно ответил репортер. Действительно, за минувший день, основную часть которого Павел провел на строительстве новой тепловой электростанции, он был переполнен впечатлениями. Объект поразил его размахом работ — руководитель строительства сказал, что эта станция станет самой мощной во всей Европе.

— Тогда — за работу,— сказал редактор и углубился в бумаги, лежащие у него на столе, дав понять Павлу, что разговор закончен и рабочее время дорого.

Паша прошел за свой стол, стоящий в углу, бросил на него дорожный портфель, снял куртку и повесил ее на спинку стула. Сделав несколько резких движений руками, чтобы размять мышцы, Павел уселся за стол, пододвинул к себе компактный «Роботрон», вставил в каретку машинки лист бумаги и, уставившись на него, задумался.

«Просмотрю сначала записи»,— решил он и, открыв портфель, достал оттуда большой блокнот в толстой клеенчатой обложке. Он открыл блокнот на нужной странице и стал вчитываться в строки, написанные слегка угловатым, немного резким, но разборчивым почерком.

«Так, так, этот, пожалуй, подойдет»,— решил Паша, натолкнувшись в записях на идею заголовка. Репортер отложил блокнот, положил пальцы на клавиши печатной машинки. Через несколько секунд на белом листе появился заголовок, напечатанный заглавными буквами: «ЭНЕРГИЮ ЗАМЫСЛОВ — В ЭНЕРГИЮ ДЕЙСТВИЙ». Паша немного подумал и под первой строчкой напечатал подзаголовок: «Самая мощная электростанция в Европе будет запущена в IV квартале». Затем Паша решительно запечатал вторую строчку. «Слишком сложно и коряво,— подумал он,— надо что-нибудь поживее...» Он посидел немного и вновь напечатал: «Да будет свет!», но тут же уничтожил и этот подзаголовок. «Пошловато»,— решил он в этот раз.

«А вот это — то, что нужно!» — вдруг осенило Павла, и он напечатал: «Дата пуска — четвертый квартал». «Энергично, лаконично и, главное, не сразу понятно — о чем, а это вызывает интерес,— решил репортер.— И с заголовком отлично сочетается!»

Через полтора часа на столе Павла уже выросла невысокая стопка листов, заполненных текстом новой статьи. Работа спорилась — уже было написано больше половины. Стиль работы Павла всегда вызывал чувство «белой» зависти у его коллег по журналистскому цеху: если репортер садился за свой стол работать, он не вставал, покуда не был написан репортаж. В отличие от Паши многие репортеры не сидели на одном месте, они то выходили в курилку, то спускались в буфет выпить чашку кофе. Павел же работал иначе — быстро и, что самое главное, качественно.

Прошел еще час — и вот Павел уже снова в кабинете редактора, который внимательно читает готовую статью.

— Молодец! — редактор поднял голову и посмотрел на парня красными от бессонницы глазами.— Это то, что надо! Ты, как всегда, на высоте, Павел. Я вот думаю, не поставить ли мне тебя на рубрику... Или ты в спецкоры метишь?

— Если честно, я бы хотел быть корреспондентом, это больше мне подходит... А рубрика — это ведь практически конторская работа... Не по мне это...

— Да-а,— протянул редактор,— если будешь работать такими темпами, очень скоро быть тебе спецкором — я обещаю...

Паша, довольный беседой с редактором, вернулся к своему столу, навел на нем порядок, выключил настольную лампу, собрал портфель и, попрощавшись с коллегами, пошел к выходу. На полпути к двери на лестничную клетку Пашу догнала редакционный секретарь Людочка, которая, немного кокетничая, сказала парню:

— Паша, вас к телефону... Какая-то женщина...

Было уже почти три часа ночи, и Павла, конечно, удивил столь поздний звонок. «Неужели что-то случилось?» — мелькнула тревожная мысль. Паша взял трубку.

— Да, я слушаю...
— Павел Викторович? — Журналист сразу же узнал голос Нюры, домработницы Ковригиных.— Ох, горе-то какое, Павел Викторович... Такое горе! Господи!

В трубке послышались громкие рыдания, но Паша решительно прервал их:

— Нюра, успокойся, говори, что случилось!

Набожная домработница немного успокоилась и, всхлипывая, начала говорить:

— Мария Сергеевна разбившись... На машине с работы ехала и под поезд какой-то, что ли, угодила... В десять часов, говорят, случилось это... Полчаса назад Громов приезжал, академик который, увез Леночку на опознание...

— В какую больницу она поехала? — Паша не потерял хладнокровия, страшная новость только заставила его собрать свои нервы в кулак. Ему не раз за его молодую жизнь приходилось терять близких людей, и он знал, что главное в такой ситуации — не терять мужества, не поддаться горю и отчаянию...

Тут же, подобно яркой вспышке, у него перед глазами встал бок бежевой «Победы» и женское лицо в окне автомобиля.

«...Это не могла быть она — в это время Мария Сергеевна уже была мертва.— Нюра сказала — все случилось в десять...» — холодный рассудок Павла взял верх над эмоциями.

— Нюра, я скоро приеду, жди меня... Буду через сорок минут...

Павел нажал на рычаги и рассоединился с квартирой Ковригиных, потом репортер набрал короткий номер и вызвал такси к подъезду редакции.

Паша сел в подъехавшую машину и назвал таксисту адрес. По дороге он вспоминал, сколько раз ему приходилось испытывать чувство такой тяжелой, как сегодня, утраты.

«Сначала были мама и отец... Хотя нет — о их гибели я узнал намного позже... Сначала были ребята из отряда: Юзас Лиепиньш — хмурый латыш с добрым сердцем, потом Мишка-пулеметчик — весельчак и балагур, потом...» Этот список можно было продолжать — много мальчиков, превратившихся в смелых разведчиков в партизанском отряде, погибли в то тяжелое время. Потом, уже после войны, погиб, выполняя важное правительственное задание, и его «второй отец» — чекист-контрразведчик, усыновивший оставшегося сиротой мальчишку.

Наконец такси доставило Павла на место — к дому, где жили Ковригины.

Дверь ему открыла заплаканная Нюра.

* * *

— Интересная судьба у парня... — задумчиво произнес Овалов.— Такой молодой, а уже повоевал... Так, значит, приемный отец у него — кто-то из твоих товарищей, Иван Николаевич?

Пронин молча встал и подошел к книжному шкафу, достал оттуда старый, потертый фотоальбом. Он пролистал его, а потом, открыв на какой-то странице, протянул писателю.

Перед Львом Сергеевичем была фотография — на поваленном дереве в полуобнимку сидели два человека: бородатый мужчина в маскировочном халате с немецким автоматом на коленях и худенький мальчик в большой, не по размеру, солдатской телогрейке, подпоясанной офицерским ремнем, который весомо оттягивали вниз кобура «вальтера» и небольшой финский тесак. Лицо мужчины показалось Овалову знакомым. Писатель внимательно вгляделся в немного расплывчатое фото и узнал в этом усталом бойце Виктора Железнова.

— Павел — приемный сын подполковника госбезопасности Виктора Железнова,— сказал Пронин ошеломленному Льву Сергеевичу и вернулся за стол.

Глава 10

VITA POST MORTEM [1]

Ежедневное утреннее совещание офицеров отдела, который возглавлял Пронин, человеку непосвященному показалось бы самой заурядной планеркой, как на каком-нибудь заводе. Все сотрудники Пронина носили в повседневной жизни гражданские костюмы, их начальник тоже не был исключением. Десять пронинских сотрудников сидели вдоль длинного стола для заседаний, который возглавлял хозяин кабинета.

Пронин внимательно слушал доклады своих подчиненных, внимательно наблюдая за каждым из говоривших офицеров.

— Майор Никифоров,— негромко сказал Пронин, выслушав очередного докладчика,— кто у нас ведет дело Беликова?

— Капитан Локтев, товарищ генерал-майор!

---
[1] Жизнь после смерти *(лат.)*.

— Расскажите нам, товарищ капитан, что предпринято по этому делу, какие результаты?

Все вокруг говорили просто, без пафоса и особых эмоций — такая атмосфера была присуща всем совещаниям у Пронина. Иван Николаевич не любил солдафонства, оправдывая это тем, что военная выправка людям его специализации противопоказана.

Капитан Локтев, молодой остроглазый человек с зачесанными назад русыми волосами, стал докладывать:

— Нами взята в отработку линия Трофима Ильича. В рамках этой версии мы провели скрытую проверку паспортных столов в Сокольниках. Этот район был выбран нами, исходя из места аварии, в которой погиб Фикса... В результате проверки мы нашли в этом районе шестьдесят семь человек с такими именем и отчеством. Мы отобрали пятнадцать из них — тех, которые могут иметь доступ к различным объектам, представляющим стратегическую важность. Сейчас по каждому проводится тщательная проверка.

— Хорошо,— кивнул Пронин,— о полученных результатах докладывайте незамедлительно.

— Есть, товарищ генерал-майор!

— Товарищ Никифоров, вы ознакомились с сегодняшней сводкой происшествий? — спросил Пронин майора.

— Да, Иван Николаевич.

— Что вам известно о несчастном случае с профессором Ковригиной?

— Железнодорожная авария... Я уже направил туда наших людей.

Пронин одобрительно кивнул.

— Но все-таки я хочу, чтобы вы сами поработали там. Посмотрите на место аварии, поговорите с сослуживцами погибшей, присмотритесь ко всему внимательно.

Сидевшие за столом переглянулись — Пронина еще никогда не подводило чутье. И он не стал бы посылать лучшего оперативника отдела на такое происшествие, не будь у него на то веских причин.

Пронин распустил совещание и, оставшись один в кабинете, вновь вчитался в сухие строки сводки происшествий. Почему-то, когда он прочитал его в первый раз, сердце его настороженно екнуло, а своему сердцу генерал-майор верил.

Повторяя про себя аббревиатуру названия института Громова, Пронин пытался вспомнить, когда и при каких обстоятельствах он слышал об этом учреждении в последний раз. Перебрав информацию, которая в голове чекиста была сложена в аккуратнейшем порядке — затеряться там ничего не могло,— Пронин вспомнил, что примерно месяц назад название «закрытого» НИИ уже мелькало в сводке, тогда тоже что-то трагическое произошло с сотрудником этого института.

Пронин нажал на кнопку, приделанную к столешнице снизу. Помощник генерал-майора, молоденький лейтенант, явился незамедлительно.

— Так, Саша,— сказал лейтенанту Пронин,— сейчас просмотри все сводки происшествий, которые проходили по нашей части, за последние полтора-два месяца и отбери мне все, где упоминается вот этот институт...

Пронин написал название на листе бумаги и передал его помощнику.

— Еще найди список руководящих работников этого учреждения, наверняка в кадровом отделе такая информация есть... Все, иди.

— Есть,— деловито ответил лейтенант и быстро вышел из кабинета.

Помощник вернулся через полчаса.

— Уже нашел?

— Так точно,— браво отрапортовал лейтенант,— сводка за минувшие полтора месяца, где упоминается название института — одна, список руководящих сотрудников тоже нашелся быстро.

Он вынул из папки два листочка и положил их на стол Пронина.

— Можешь идти,— сказал Пронин и углубился в бумаги. Лейтенант тихо вышел.

В сводке происшествий было сообщение о несчастном случае, произошедшем с Шевченко Александром Юрьевичем, начальником АХЧ института Громова. В троллейбусе с ним случился сердечный приступ, и он скончался, не приходя в сознание. В сводку происшествий этот случай был включен лишь потому, что институт Громова имеет особый статус и все происходящее в нем и вокруг него сообщается в МГБ.

«Ничего особенного,— подумал Пронин,— такое бывает...»

Потом он взялся за лист со списком руководящих сотрудников. Генерал-майор сразу обратил внимание на то, что список устарел, и в нем еще проставлена старая фамилия начальника АХЧ Шевченко.

Пронин, не терпевший непорядка в документах, нахмурился. «Эх, кадровики не удосужились даже проверить...» — подумал он.

Чекист поднял трубку и набрал телефонный номер секретариата института, который указывался в конце списка.

— Здравствуйте,— вежливо поприветствовал Пронин ответившую ему женщину.— Вас беспокоят из кадрового отдела МГБ, будьте любезны, назовите мне, пожалуйста, полное имя начальника вашей административно-хозяйственной части.

Женщина продиктовала Пронину данные, и он автоматически записал их на бумаге: «Полунин Трофим Ильич». Еще секретарь доложила, что начальника АХЧ сейчас на службе нет — он на больничном.

Пронин поблагодарил секретаря, вернул на место телефонную трубку. Он снова нажал кнопку звонка и, когда явился помощник, приказал ему срочно найти капитана Лукина.

— У тебя список твоих «Трофимов Ильичей» с собой? — спросил Пронин явившегося по вызову капитана.

— Да, товарищ генерал-майор...

Пронин жестом предложил капитану присесть и спросил:

— А вот посмотри, нет ли у тебя там некоего Трофима Ильича Полунина?

— Так точно,— сразу ответил удивленный капитан,— имеется!

— Ты что, их наизусть всех выучил? — Иван Николаевич был удивлен не меньше Лукина такому совпадению — интуиция Пронина и в этот раз не дала осечки.

— А где он работает, тебе известно?

На этот раз капитан заглянул в свой список и четко ответил: Министерство транспортного строительства, специалист хозяйственной деятельности...

— Нет, товарищ Лукин, ошибаешься ты — Полунин работает сейчас в институте Громова начальником АХЧ...

Пронин встал из-за стола, подошел к Лукину и один за другим положил перед ним сначала лист со сводкой происшествий, а затем со списком руководящего состава института. В списке фамилия Шевченко была вычеркнута карандашом, а на ее месте четким почерком Пронина была написана фамилия Полунина.

— Сейчас мне в секретариате института дали эту информацию,— сказал Пронин и задумчиво добавил: — Вот и понимай теперь, как хочешь, все это.

Лукин молчал в раздумье, он прекрасно осознал, что может значить подобное совпадение.

— Так, товарищ Лукин, действовать будем следующим образом. Сейчас ты возьмешь пару толковых ребят, и отправляйтесь туда, где проживает Полунин. Он сейчас на больничном — вот и проверите аккуратно, как он режим соблюдает... Может, с соседями поговорите, но очень, очень осторожно ... Если он враг — нам нельзя его спугнуть, если честный человек — зачем доставлять ему лишние беспокойства... Все понятно?

— Так точно!

— Все. Действуй. Вечером — мне доклад...

Лукин ушел, а Иван Николаевич вновь вызвал помощника.

— Саша, сейчас — в машину и поезжай по этому адресу,— Пронин назвал адрес института.— Доставишь мне Андрея Филипповича Серебрякова, и пускай он захватит с собой личное дело Полунина Трофима Ильича. И не афишируй там, откуда ты, действуй ненавязчиво, внимания не привлекай...

— Есть! — ответил исполнительный лейтенант и вышел.

Пронин чувствовал, что его догадке чего-то еще не хватает для того, чтобы она превратилась в окончательную версию. И этим звеном мог быть именно начальник кадровой службы института — человек, отвечавший за проверку людей, принимаемых на работу в учреждение, выполняющее работы стратегической важности.

Помощник не подвел Пронина и в этот раз. Не прошло и часа, как лейтенант зашел в кабинет и доложил:

— Серебряков доставлен, дело с ним.

— Пусть заходит,— велел Пронин, и вскоре перед ним предстал высокий стройный мужчина в сшитом на заказ костюме, в его фигуре явно чувствовалась армейская выправка.

— Серебряков Андрей Филиппович,— по-военному представился он.

Пронин вышел из-за стола, подошел к посетителю, пожал ему руку и назвал себя.

— Присаживайтесь, товарищ Серебряков.

Пронин сел на стул напротив кадровика и, кивнув на папку, которую тот не выпускал из рук, спросил:

— Дело Полунина?

— Да,— Серебряков протянул папку чекисту.

Иван Николаевич небрежно бросил документ на свой стол и сказал:

— Потом посмотрю... Сейчас мне другое интересно — как Полунин к вам на работу попал?

— После смерти нашего прежнего начальника АХЧ Шевченко — у него было что-то с сердцем — у нас очень остро стояла проблема с новым человеком, который мог бы возглавить административно-хозяйственную службу. В институте очень много помещений, в общем — большое хозяйство, не всякий справится... В министерстве нам обещали подыскать подходящую кандидатуру, но с хорошими хозяйственниками сейчас везде туго... А Полунин попал к нам по рекомендации Марии Сергеевны Ковригиной... Вы знаете, наверное,— она погибла сегодня ночью.

— А кем Полунин ей приходится?

— Она назвала его своим «хорошим знакомым», сказала — человек с большим опытом работы, хороший специалист, коммунист, фронтовик, имеет боевые награды. Огромный опыт хозяйственной работы.

— Вот как?

— Да, в деле все записано подробно...

— Ну и как, хороший он специалист? — спросил Пронин.

— Он проработал у нас пока чуть больше месяца, но проявил себя только с лучшей стороны. Особенно много сделал в лабораторном комплексе в Рассадине — его заведующий мне звонил, не мог нахвалиться, просил поощрить Полунина за проделанную работу.

— А что он там такого сделал?

— Точно не знаю. Но это просто узнать...

— Хорошо, мы сами разберемся в этом, если надо будет,— сказал Иван Николаевич и задал новый вопрос:

— А какие отношения были между Полуниным и Козыгиной, как вы думаете?

— По службе они почти не встречались, а если говорить о личной жизни... Нет, я думаю, у них не могло быть никакой иной связи — Мария Сергеевна практически жила на работе...

Пронин услышал ответы на все вопросы, которые он хотел задать, и беседа с Серебряковым подтвердила некоторые догадки чекиста.

— Спасибо, Андрей Филиппович,— сказал Пронин кадровику,— сейчас мой помощник отвезет вас назад. О нашем разговоре и его содержании прошу никому не сообщать...

И Пронин углубился в изучение личного дела Трофима Ильича Полунина.

А в это же время Полунин готовился к приезду «гостей». Палач еще ночью уехал в город, чтобы привезти оттуда «бельмастого» резидента и еще какого-то человека, который должен организовать переправку Ковригиной за границу.

Полунин догадывался, что переправлять профессора будут по дипломатическим каналам, скорее всего, в каком-нибудь огромном сундуке для переписки. На границе диппочта не досматривается пограничниками, а значит, основная загвоздка только в том, как незаметно доставить женщину в нужное посольство.

«А зачем мне все это? — раздраженно подумал Полунин.— Я свое дело сделал... Пусть теперь другие голову ломают... Мне сейчас о другом думать надо: как меня они будут переправлять?»

Через два часа прибыли «гости». Палач загнал «Победу» во двор. Из машины все вышли одновременно и, не оглядываясь, быстро прошли в дом. Эти опасения были излишни — дача была окружена добротным высоким забором, ее выбирал сам Полунин, учитывая специфические особенности жизни «дачников».

Помимо Палача и «бельмастого» приехал еще какой-то молодой человек лет тридцати. Он сдержанно поздоровался с Полуниным но, как и принято в определенных кругах, не представился.

— Она очнулась? — спросил резидент.

— Нет,— ответил Полунин,— действие еще не закончилось, двойная доза...

— Да, я уже слышал... Ваша оплошность, Полунин, могла нам очень дорого обойтись... Но победителя не судят — дело сделано!

Резидент торопливо пожал руку Трофима Ильича.

Мария Сергеевна очнулась только через несколько часов. Единственное окно в комнате в мансарде, куда ее поместили, было занавешено плотной гардиной, практически не пропускавшей солнечного света. Единственным источником освещения в помещении была маломощная настольная лампа.

Ковригина открыла глаза и попыталась приподнять голову с подушки. Резкая боль пронзила тело женщины, и она обессиленно упала обратно на кровать.

— Не надо двигаться, госпожа Ковригина,— услышала Мария Сергеевна мужской голос.— Дайте ей воды...

К кровати кто-то подошел, аккуратно приподнял ее голову над подушкой и влил в рот несколько глотков «Боржома». Марии Сергеевне сразу стало легче.

— Вы можете говорить сейчас? — спросил тот же голос.

— Да,— едва слышно ответила Ковригина.— Кто вы и что вам от меня нужно?

Невидимый незнакомец ответил не сразу. В полумраке Ковригина заметила какое-то движение, потом, уже ближе, вновь зазвучал голос:

— Госпожа Ковригина, я сразу хочу извиниться за моих коллег, которые, к сожалению, были вынуждены прибегнуть к несколько радикальным мерам... К этому их вынудили обстоятельства. Вы находитесь в безопасном месте, и в самое ближайшее время мы переправим вас за границу...

— За границу? Зачем? Кто вы?

— Мы — люди, озабоченные судьбами свободного мира! На Западе вам будут предоставлены все условия для работы, вы будете жить в комфортных условиях, получать большие деньги... Вы станете свободной — сможете реально заняться научным творчеством...

Ковригина горько улыбнулась и ответила:

— Так что же вы прячете свои лица, как какие-то душегубы? Или забота о судьбах цивилизованного мира предполагает подобную степень конспирации?

— В некоторых случая — да. Особенно в этой стране...

— Боитесь? И не напрасно — наверняка меня уже ищут...

— Боюсь, но не того, о чем вы думаете,— боюсь, что вас уже никто не ищет...

В темноте послышалось шуршание бумаги, и перед глазами Ковригиной вдруг возникла развернутая страница газеты «Советская наука». В правом нижнем углу страницы Мария Сергеевна увидела свою фотографию в черной рамке, а под портретом — строки некролога.

— Для этой страны вы мертвы, госпожа Ковригина... Вы мертвы для государства, которое не уберегло вашего мужа на фронте и разрушило всю вашу жизнь... Теперь мы даем вам шанс все начать заново — с чистого листа...

— Мой муж погиб за Родину.— Голос Ковригиной неожиданно окреп.— И эта страна, это государство и этот народ, о которых вы говорите с такой ненавистью,— они дали мне все, чем я обладаю, сделали меня такой, какая я есть. Вам меня не купить — не все продается, господа!

— А как же ваша дочь? — спросил невидимый собеседник, никак не среагировав на последние слова Марии Сергеевны.— Подумайте хотя бы о ней...

— Вы угрожаете мне?

— Нет, что вы, госпожа Ковригина, мы же не звери... Просто ваша дочь придерживается совсем другого мнения по поводу жизни в СССР... Ведь именно она помогла нам...

— Вы лжете! — резко сказала Ковригина.

Вместо ответа перед ее глазами появилась фотография, на которой была запечатлена Леночка в компании элегантно одетого молодого человека. Они сидели на скамейке, кажется, в скверике у Большого театра, и о чем-то беседовали.

— Что это? — спросила Ковригина.

Вместо ответа в комнате послышались шаги, и к кровати Марии Сергеевны кто-то подошел. Этот некто взял с тумбочки лампу и направил свет себе в лицо. Ковригина узнала молодого человека с фотографии.

***

— Насколько я понимаю,— сказал Лев Сергеевич,— началась игра на опережение, кто кого обгонит... Так, Иван?

— Немного упрощенно, но в принципе верно. Уже к вечернему совещанию я изучил дело Полунина и нашел в нем несколько странных, я бы даже сказал — навязчиво странных, совпадений. Эти «совпадения» были уж очень закономерными... В 1944 году «СМЕРШ» обезвредил опасного немецкого агента по кличке Призрак, который под видом нашего офицера подобрался к штабу одного из фронтов. При задержании Призрак покончил с собой, но, конечно, он успел пустить вокруг себя агентурные «корни». Следствие смогло выявить нескольких информаторов, и дело закрыли. Как раз в это время Полунин служил заместителем начальника тыла фронта и вполне мог общаться с Призраком. Но в поле зрения следствия капитан Полунин не попал — за несколько дней до самоубийства Призрака он был отправлен в госпиталь, его ранило при авианалете.

После демобилизации Полунин устроился в Министерство транспортного строительства и работал на многих объектах по всей стране. В конце сороковых в западных газетах появились фотографии объектов одного из предприятий, работающих на оборону. Того, кто сделал эти «картинки», мы не нашли, зато в деле Полунина я прочитал, что он в это самое время как раз работал рядом с этим объектом.

Чуть позже нам стало известно об утечке информации об одном из наших ракетных полигонов, и снова Полунин был в то самое время в том самом месте. И это далеко не все.

— Так значит, он был завербован гитлеровцами, которые затем «передали» Полунина новым «хозяевам»?

— Да, так оно и было. Призрак взял Полунина шантажом, он узнал о каких-то грязных делишках, которые проворачивал тот, что-то связанное с поставками продовольствия в действующую армию...

— Но ты говорил, что он коммунист...

— Не коммунист, Лев Сергеевич,— сухо ответил Пронин,— а член партии. Что ж, и такое может быть — не всегда в наши ряды попадают чистоплотные люди. И такое случается... Тем более что этот Полунин потрясающий хамелеон — нигде и никогда он не попадал под подозрение. Отличный работник, член партии, да и просто компанейский, обаятельный человек... Свой парень, всеобщий любимец.

* * *

Никифоров и Лукин вернулись в управление почти одновременно, примерно в начале восьмого.

Пронин ждал их. Он только что закончил изучение личного дела Полунина и пришел к абсолютно определенным выводам, что им пришлось столкнуться с матерым, опытным, циничным врагом. Иван Николаевич уже почти не сомневался, что трагическая гибель Шевченко и Ковригиной напрямую связана с деятельностью Полунина.

Сейчас он только ждал более конкретных подтверждений своих версий.

— Докладывайте сначала вы, капитан,— приказал Пронин Локтеву.— Что там поделывает наш «больной»?

— «Больной» не соблюдает режима, товарищ генерал-майор. Дома его уже не было целые сутки. Соседи говорят, что он ушел вчера после полудня и больше не возвращался. Он был не один — компанию ему составляла какая-то женщина. Вот ее описание: около сорока-сорока пяти лет, стройная, средний рост, каштановые волосы средней длины, дорогой костюм...

— Разрешите спросить, товарищ генерал-майор,— прервал рапорт Локтева майор Никифоров.

Пронин коротко кивнул, и Никифоров открыл свою папку и достал оттуда фотографию, которую положил перед Локтевым:

— Похожа? — спросил он.

— Под описание подходит идеально, только вот цвет волос здесь не рассмотришь, да и с ростом не все понятно,— ответил Локтев.— А кто это?

— Профессор Ковригина,— ответил за Никифорова Иван Николаевич.— Так, майор?

— Так точно, Иван Николаевич!

— Хорошо. Продолжайте, товарищ Локтев...

— Один из свидетелей показал, что однажды видел, как Полунин возвращался домой на автомобиле. На бежевой «Победе». Соседи говорят, что переехал он недавно. Говорят, тихий, вежливый, аккуратный. При внешнем досмотре входной двери в квартиру обнаружили метки, предупреждающие о проникновении в помещение. Есть все основания полагать, что Полунин — именно тот, кого мы ищем. А учитывая его связь с Ковригиной...

— Подожди, товарищ Локтев, не торопись с выводами,— прервал подчиненного Пронин,— давай сначала майора выслушаем...

Никифоров откашлялся и начал:

— Я осмотрел место происшествия, и в принципе мои выводы совпадают с выводами следственной группы ОРУДа — автомобиль остановился на переезде и был сбит тяжелым маневровым паровозом. Удар был настолько сильным, что ЗИС был практически расплющен и отброшен от места столкновения почти на пятьдесят метров. Потом в машине вспыхнул бензин — тела пострадали очень сильно... Трупы, а точнее, фрагменты трупов были отправлены на опознание еще до моего приезда. Я приказал собрать и отправить на экспертизу остатки двигателя автомобиля, с тем чтобы выяснить возможную неисправность, приведшую к остановке мотора. Нашим оперативникам я приказал остаться там для более подробного осмотра места происшествия... В Рассадине я опросил сотрудников лаборатории, где работала Ковригина. Работник ВОХРа, дежуривший в ту смену, сообщил, что перед аварией водитель заезжал в автопарк института. Механик автопарка подтвердил, что ЗИС ушел от них полностью исправным...

— А кто был водителем машины? — спросил Пронин.

— Никита Курепин — молодой парень, полгода как вернулся из армии, москвич, комсомолец...

— Понятно. Докладывайте дальше.

— После я поехал в морг. Шофера опознал его старший брат. Ковригину — ее дочь.

— Вы же говорили, что тела были очень изуродованы...

— Да, но остались очень характерные фрагменты. У шофера практически не пострадало лицо, он был опознан сразу... С Ковригиной было сложнее — она находилась ближе к месту удара. Не пострадал фрагмент левой руки с кистью — при ударе руку оторвало и отбросило в сторону. На среднем пальце руки был перстень, по которому дочь Ковригиной и опознала мать.

— Это все, товарищ Никифоров?

— В общем, да... Только одно обстоятельство меня смутило...

— Какое? — спросил Пронин, пристально глядя на майора.

— Тот самый перстень... Аляповатый, явно кустарного производства, причем из «самоварного» золота — позолоченный недрагоценный сплав... Чтобы профессор, которая одевалась у лучших портных Москвы, носила такое — это трудно представить...

— Так,— насторожился Пронин,— и что? Ты опросил коллег Ковригиной, был ли у нее такой перстень?

Никифоров замолчал на мгновение и ответил:

— Никаких перстней и колец профессор Ковригина никогда не носила. И вообще я понял, что у химиков не принято носить на руках украшения — они рвут лабораторные перчатки во время экспериментов...

— Так... — Пронин задумчиво откинулся на спинку кресла.— А дочка, значит, признала перстенек?

— Да. Я думал, может, сказалось волнение — вид трупа, помутнение сознания, но, как выяснилось, Елена Ковригина — будущий медик, студентка четвертого курса, мертвецов пугаться не должна...

— Так... — снова повторил Пронин.— Вот, значит, какие пироги, товарищи офицеры... Какие будут соображения? Начинай ты, капитан...

— По-моему, все понятно. Профессорша договорилась с Полуниным, который, судя по всему, был ее любовником, они подговорили дочку, поместили на место Ковригиной какую-то другую женщину, а сами собрались податься в бега — на Запад. Надо допросить хорошенько дочку Ковригиной, она наверняка знает, где их искать...

— Тогда как в твою версию укладывается пленка, которую Фикса нес от Полунина?

— Ее могла сделать Ковригина, на пленке, скорее всего, были результаты ее работы...

— Хорошо,— ответил Пронин.— А ты как думаешь, товарищ Никифоров?

— Я думаю, что здесь все несколько сложнее. Я посмотрел личное дело Марии Сергеевны Ковригиной, и мне не верится, чтобы она могла предать. Знаете, когда она вступила в партию? В октябре сорок первого года... По-моему, человек, ставший коммунистом в такое тяжелое для страны время, не может изменить Родине. Я скорее допущу, что она похищена... Только показания ее дочери действительно трудно укладываются в мои предположения ...

— Хорошо! — подумав, сказал Пронин.— Начнем отработку обеих версий. Но помимо прочего прошу вас не забывать, что нашей задачей является не только поиск Ковригиной — мы должны узнать, откуда к противнику просочилась информация о работах, которые ведутся в институте академика Громова.

На следующее утро на квартире Полунина был произведен обыск, результаты которого ясно продемонстрировали, что обаятельный Трофим Ильич — агент иностранной разведки, шпион. На это явно указывало и обилие специальной шпионской техники, и крупная сумма как настоящих, так и фальшивых советских денег.

Дело взял на контроль сам министр госбезопасности Шелепин, предоставив людям Пронина практически неограниченные полномочия — важное открытие советских химиков ни в коем случае не должно было оказаться в руках противника.

И Пронин начал действовать.

Глава 11

ОПЕРАЦИЯ «КРАСНАЯ ДАМА»

После того как Леночка увидела то, что осталось от женщины, которая сыграла роль ее мамы, девушка впала в глубокий ступор. Она не могла рыдать, не могла ничего сказать — просто смотрела в одну точку, не в состоянии вернуться в реальность, на протяжении нескольких часов.

Только одна мысль не давала ей покоя: «Неужели все надо было делать так жестоко?» Она не могла понять еще одного — родственники погибшего водителя тоже инсценировали свое горе? Она вспомнила мертвенно-бледное лицо старшего брата Никиты Курепина, когда он вышел из помещения, где проводилось опознание тела... Вспомнила, как он подошел к пожилой женщине с напуганным лицом, что-то тихо сказал ей и как после этого женщина стала рыдать, заламывая руки, называя дорогое имя сына. Если даже это не Никита, разве можно играть на чувствах матери таким образом? На этот вопрос Леночка не находила ответа.

До квартиры ее довез Громов, который тихо сказал вышедшему навстречу Паше: «Уложи ее спать и не отходи ни на шаг. Ее состояние мне не нравится, если что — сразу вызывай врача...»

Павел коротко кивнул, он и сам прекрасно знал, как действовать в подобной ситуации. Парень отвел Леночку в комнату, уложил на кровать и накрыл ее клетчатым пледом. Так и не сказав ни слова, девушка вскоре крепко заснула.

Она проспала почти сутки. За это время Паше пришлось пережить немало тяжелых минут — если все хлопоты об организации прощания и похорон взял на себя Громов и люди из института, то отвечать на телефонные звонки с соболезнованиями пришлось Паше. Он практически не отходил от телефона — знакомых и друзей у Ковригиной было очень много.

К полудню на квартире появилась Екатерина Миллер, уже успевшая переодеться в простое черное платье и надеть на голову косынку из черного газа. Увидев спящую Леночку, поэтесса совершенно искренне расплакалась, и когда Павел принес ей стакан воды, тихо сказала ему:

— А ведь мне был знак, Пашенька, что Маша умрет... Только я правильно не смогла его истолковать... Теперь только поняла...

— Какой знак? — спросил парень, которому все еще не давало покоя воспоминание о странном видении на подмосковной дороге.

Миллер достала из сумочки белоснежный платок и осторожно промокнула им уголки глаз.

— Я позавчера была в ГУМе. Я шла по верхней галерее, когда увидела в отделе готового женского платья Машу. Она стояла спиной и разговаривала с продавщицей. У меня не было никаких сомнений в том, что это она,— я даже ее не узнавала, а как-то сразу увидела и решила «Она!». Я подошла и позвала ее. Женщина обернулась, и я поняла, что ошиблась... Но эта незнакомка была так похожа на Машеньку, что мне даже стало несколько не по себе...

Паша, конечно, скептически относился к подобным происшествиям с оттенком «мистики», но почему-то рассказ поэтессы показался ему действительно зловещим. Наверное, потому что он и сам испытал нечто подобное.

Немного поговорив с Нюрой, Миллер уехала в Дом ученых, где готовилась церемония прощания.

Леночка проснулась только утром следующего дня.

Первым, кого она увидела, открыв глаза, был Паша, который сидел на стуле напротив ее кровати и, свесив голову на грудь, тихо спал.

Почему-то именно эта невинная картина сразу как-то вдруг оживила все воспоминания минувшей ночи. Сначала девушке стало страшно, а потом она вдруг приняла твердое решение и тихо позвала:

— Паша...

Железнов проснулся мгновенно. Он посмотрел на девушку своими серыми умными глазами, взгляд которых сразу вернул девушке ощущение спокойствия и безопасности.

— Как себя чувствуешь, Ела? — спросил парень.— Ты проспала целые сутки...

— Где она? — вопросом ответила Леночка.

— Марию Сергеевну увезли в Дом ученых, там идет прощание.— Паша говорил медленно, тщательно подбирая каждое слово.— Нам тоже нужно туда ехать... Так положено...

— Поедем,— сказала Леночка.— Но сначала мне надо кое-что тебе рассказать.

— Я слушаю тебя, Елочка.

— Эта женщина в Доме ученых — не мама. Я опознала ее по приказу МГБ. Мама сейчас спрятана в надежном месте,— Леночка говорила коротко и быстро, боясь, что Паша прервет ее.— Эта инсценировка была необходима для того, чтобы уберечь маму от шпионов, которые подобрались к ней слишком близко.

— Ты была у них в Управлении, на Дзержинке? — спросил Паша, внимательно выслушав девушку.

— Нет, я встречалась только с одним сотрудником — Кайгородовым, и обычно мы виделись в сквере возле Большого.

— Он предъявил тебе удостоверение?

— Да...

— Оставлял какой-нибудь телефон для связи?

— Не помню...

— Понятно,— задумчиво сказал Железнов,— понятно, что ничего не понятно. А скажи, на встречи он приходил пешком?

— Нет, на машине — я видела бежевую «Победу»...

— А водитель, который ехал с Марией Сергеевной, он что, тоже «подменный»?

Леночка задумалась и ответила:

— Вот это меня и насторожило, Паша,— такое ощущение было, что брат шофера не притворялся и это был действительно Никита.

Паша задумался. Чутье подсказывало ему, что рассказ Леночки, встреча с бежевой «Победой» на подмосковной дороге и странное происшествие с поэтессой Миллер — звенья одной цепи. Он был сыном офицера МГБ, но почему-то не мог представить, что чекисты будут действовать таким странным и жестоким образом. А вот западные спецслужбы, не гнушающиеся любыми методами, могли бы запросто пойти на такую операцию. Павел Железнов не растерялся, он знал, что надо делать.

Через час в прихожей Ковригиных требовательно заголосил звонок. Нюра открыла дверь и увидела на пороге троих мужчин в штатском. Один из них протянул домработнице маленькую красную книжку и тихо представился:

— Капитан МГБ Локтев. Елена Викторовна Ковригина дома?

Нюра попятилась в глубь квартиры, чекисты зашли следом за ней.

— Так она дома? — требовательно повторил Локтев свой вопрос.

— Нет,— в голосе Нюры слышался испуг,— они уехали с Павлом Викторовичем... Полчаса назад...

— С каким Павлом Викторовичем? Куда уехали?

— С Железновым, жених он ее... А куда — не сказали, наверное, в Дом ученых, там Мария Сергеевна...

Вспомнив хозяйку, Нюра не смогла сдержать слез. Она стыдливо отвернулась от чекистов, делая вид, что поправляет портьеру, которой было завешено большое зеркало в прихожей.

Локтев был удивлен тем обстоятельством, что жених Елены Ковригиной носит фамилию, хорошо известную среди московских чекистов. Подождав, когда домохозяйка успокоится, он задал следующий вопрос:

— А как вас зовут?

— Анна Тимофеевна,— ответила Нюра,— Анна Тимофеевна Горохова. Я тут домохозяйкой служу, уже восьмой год как.

— Понятно,— сказал Локтев, потом залез во внутренний карман плаща и достал оттуда небольшую фотографию. Протянув ее Нюре, он спросил:

— Скажите, вы видели когда-нибудь этого человека?

Нюра достала из кармана фартука очки, аккуратно взяла протянутую фотографию и вгляделась в нее.

— Как же, знаю,— сказала она почти сразу.— Это же Степан Тимофеевич! Который на рынке кошелек мой спас...

— Понятно. Анна Тимофеевна, расскажите подробнее об этом случае,— попросил Локтев, пытаясь не выдать охватившего его волнения.

А в это самое время в кабинет Пронина, который пребывал в ожидании первых результатов поисков Ковригиной, вошел помощник и доложил:

— Товарищ генерал-майор, звонили из бюро пропусков — вас спрашивают Павел Железнов и Елена Ковригина...

Пронин недоуменно посмотрел на молоденького лейтенанта и сказал:

— Пускай проходят. Сразу ко мне. Первым — Железнов.

«Интересно,— подумал Иван Николаевич,— откуда они знакомы — сын Виктора и дочь пропавшей Ковригиной, с которой сейчас должен беседовать Локтев?»

Через несколько минут он получил ответ на этот вопрос, и многое другое тоже стало ему абсолютно понятным.

Пронин вышел из-за стола навстречу Павлу, и они крепко обнялись.

— Ну, здорово, крестник! — сказал Железнову Иван Николаевич.— Давно не видел тебя...

— Почти год,— ответил Павел.— Вы ведь в командировку уезжали...

— Да вот, как видишь — вернулся! Уже два месяца как... Ты прости старика, забыл позвонить...

Пронин сразу заметил серьезную озабоченность на лице парня и предложил ему сесть.

— Ладно, сантименты отложим на потом... Как я понял, тебя ко мне привело важное дело... Говори.

— Вы слышали о гибели профессора Ковригиной? — спросил Железнов, испытующе глядя в глаза Пронина.

— Да,— коротко ответил чекист.

— Иван Николаевич, я понимаю, что мне не положено этого знать, но эту операцию провело МГБ?

— Какую операцию? — Пронин хитро прищурился.— По устранению Ковригиной, что ли?

— По ее подмене... — сказал Павел, ожидая реакции чекиста.

— Откуда ты это узнал? — Иван Николаевич достал портсигар и вытащил папиросу.

— От Елки... Елены Ковригиной, дочери Марии Сергеевны...

Пронин задумчиво пожевал мундштук папиросы и спросил Пашу:

— Ты хорошо ее знаешь?

— Она моя невеста,— твердо ответил Железнов,— мы знакомы с ней уже почти два года...

— Хорошо,— сказал Пронин,— надо и мне познакомиться с невестой крестника...

Он нажал кнопку вызова, и в кабинет контрразведчика вошла Леночка Ковригина.

Паша представил ее Пронину, и тот предложил Леночке сесть рядом с Железновым, а сам расположился напротив.

— Что случилось? — просто спросил Пронин девушку, и Леночка заговорила.

Изредка прерывая ее речь короткими вопросами, Иван Николаевич внимательно выслушал немного сбивчивый рассказ девушки о произошедшем с ней за последний месяц, а когда она наконец закончила, он веско сказал:

— Елена Викторовна, вы совершенно правильно поступили, рассказав обо всем Павлу. Жаль, что вы не сделали этого раньше, все могло бы обернуться совершенно иначе... Враги сыграли на вашей доверчивости и чувстве долга — никакого капитана Кайгородова, курирующего работу института Громова, в нашем управлении никогда не было... Этот самый Кайгородов, возможно, и есть один из тех людей, которые похитили Марию Сергеевну... А вы,— в голосе Пронина зазвучала сталь,— помогли им в этом!

Иван Николаевич строго посмотрел на готовую уже расплакаться Леночку и, смягчив тон, добавил:

— Свою ошибку вы признали, теперь вам как комсомолке надлежит помочь нам ее исправить... Вы сможете подробно описать этого Кайгородова — так, чтобы художник мог нарисовать его портрет?

— Сама могу его нарисовать,— тихо ответила Леночка, боясь поднять глаза на Пронина.— Я закончила художественную школу...

— Вот как? Хорошо,— Пронин протянул девушке чистый лист бумаги и остро отточенный карандаш.— Рисуйте...

Пока Леночка была занята «воссозданием» образа вражеского агента, Паша подробно рассказал

Пронину о странной встрече с бежевой «Победой» в ночь «гибели» Марии Сергеевны. Не забыл он упомянуть и о происшествии с поэтессой, но Ивана Николаевича особенно заинтересовал случай с машиной.

Чекист достал из ящика стола крупномасштабную карту Московской области и попросил Пашу показать место, где произошла встреча с подозрительной «Победой».

Железнов почти мгновенно ткнул в точку на карте и убежденно сказал:

— Здесь...

Пронин достал курвиметр и по карте измерил расстояние от места катастрофы до места встречи редакционного «газика» с бежевой «Победой».

— А время, ты говоришь, было около одиннадцати, так, Паша?

— Так точно, Иван Николаевич! — по-военному ответил Железнов и, быстро подсчитав в голове, выдал: — Если столкновение произошло около десяти, то до этой точки машина добралась примерно за сорок-пятьдесят минут. Вполне нормальное время, если учесть, что они ехали по проселку...

— Верно рассуждаешь, партизан,— похвалил Пронин Железнова.— Значит, не забыл военной науки?

За диалогом Пронина и Железнова немного недоуменно наблюдала Леночка, которая уже закончила работу над портретом. «Откуда Паша знает этого человека? Почему он так запросто общается с ним? И почему он называет Пашу партизаном?» — задалась девушка очевидными вопросами, но ответов на них у нее не было.

— Вы закончили? — прервал ее размышления Пронин.— Ну давайте посмотрим на нашего Кайгородова...

Пронин увидел перед собой хорошо нарисованный карандашный портрет молодого человека с волевым лицом и серьезными глазами.

— Хорош! — оценил портрет Пронин и положил его на стол. Паша посмотрел на рисунок издали и попросил чекиста:

— Иван Николаевич, а можно мне взглянуть?

Пронин передал рисунок Железнову, и тот пристально вгляделся в изображение незнакомого мужчины.

Через минуту он не совсем уверенно сказал, подняв глаза от портрета:

— Кажется, я его знаю... Он очень похож на Фрэнка Павловски, американского журналиста... Мне доводилось встречаться с ним на пресс-конференциях... Нас знакомил редактор, и я запомнил его...

— Вот как,— Пронин уже устал удивляться — ниточки дела одна за другой сходились в одной точке,— сейчас проверим...

Он нажал кнопку вызова, и через десять минут на столе перед ним лежал большой фотоальбом, в котором были фотографии всех западных журналистов, аккредитованных в Москве.

Генерал-майор без труда нашел в альбоме нужную страницу, достал карточку и протянул ее Леночке.

— Да, это он,— убежденно сказала девушка, едва взглянув на фото.

Сходство человека с фотографии с Леночкиным портретом было очевидным — девушка явно не зря отучилась в художественной школе.

— А где же мама? — вдруг воскликнула Леночка.

— А это нам еще предстоит узнать,— ответил Пронин, задумчиво вглядываясь в фотографию иностранного журналиста.

***

— Я не хочу, Полунин, чтобы у нас возникли проблемы с переправкой «объекта»,— «бельмастый» устал от долгих и бесполезных разговоров с Красной Дамой,— так про себя резидент стал называть Ковригину.

Он залез рукой в карман пиджака, достал оттуда небольшой цилиндрический пенал из черного эбонита и осторожно передал его Полунину. Они сидели вдвоем, расположившись в скрипящих креслах у едва тлеющего камина в гостиной обручевской дачи.

— Это — очень надежное средство... Действует со стопроцентной гарантией,— сказал резидент.— Госпожа профессор заснет здесь, а очнется уже где-нибудь в Гамбурге...

«Бельмастый» взглянул на сверкающий фосфором циферблат наручных часов и продолжил:

— Инъекцию сделаете через полчаса. Потом перенесете женщину в машину, накроете пледом... Вы останетесь здесь, возвращаться в Москву, я думаю, вам не стоит... Дальнейшие инструкции получите позже, сейчас для нас главное — переправка Ковригиной. Если все пройдет хорошо, Полунин, вы очень скоро покинете эту проклятую страну...

Трофим Ильич молча кивнул, но почему-то последним словам «бельмастого» не поверил.

Неожиданно в окно гостиной, выходившее во двор, ударил мощный порыв ветра. Полунин подошел к окну и посмотрел наружу. Ветер гнал по небу свинцовые тучи, собиралась гроза. Во дворе он увидел копошащегося под капотом «Победы» Палача, тот иногда бросал быстрые взгляды на небо, торопясь закончить свою работу до дождя.

— Будет дождь,— сказал Полунин.

— Нет ничего лучше плохой погоды, господин Полунин,— ответил ему резидент, глядя на угли, угасающие в камине.— По крайней мере, для нас...

Через двадцать минут Полунин пошел наверх — готовить Красную Даму к большому «переезду».

Ковригина, которая до сих пор еще окончательно не пришла в себя после большой дозы снотворного, находилась все в той же затемненной комнате. Ее правая рука была пристегнута наручниками к спинке кровати, но это была скорее перестраховка, чем мера безопасности,— любое движение стоило Марии Сергеевне огромных усилий.

Полунин молча зашел в комнату, прошел к тумбочке и в свете настольной лампы подготовил шприц к инъекции.

— Полунин? Это вы? — услышал он слабый голос женщины.

— Да.

— У меня к вам всего один вопрос, Полунин. Скажите, то, что вы рассказывали о Викторе,— это правда?

Трофим Ильич наклонился к женщине, взял ее пожелтевшую обессиленную руку, закатал рукав рубашки и, приставив короткую никелированную иголочку к коже, ответил:

— Скорее всего, так оно и было, Мария Сергеевна... У нас талантливые консультанты, они сочиняют вполне правдоподобные фронтовые истории.

Он с усилием нажал на поршень шприца, и обжигающий раствор стал смешиваться с кровью Ковригиной.

— Предатель... — успела выговорить Мария Сергеевна, глядя затухающими глазами на сосредоточенное лицо Полунина.

* * *

— О чем задумался, Лев Сергеевич?

— Невероятная история! И столько совпадений! Фатум?

Пронин глотнул холодного чая:

— Да, эта история из разряда незабываемых рыбацких трофеев. Бывает — словишь на пустячка такую рыбину, что потом всю жизнь об этом рассказываешь. Вот и в этом деле мне удалось заманить врага пустяковой блесной. Стечение обстоятельств.

— Знаешь, Иван, я вот думаю, что ощущает человек, когда оказывается в подобной ситуации — среди врагов... Ведь эта слабая женщина, Ковригина, несмотря на все угрозы и наветы, не поступилась принципами, не предала, а Полунин — умный, сильный и наверняка нетрусливый мужчина — дал слабину, стал предателем... Как такое происходит?

— На этот вопрос я тебе не отвечу, Лев,— немного подумав, сказал Пронин.— Тут каждый сам для себя ответ найти должен. Понимаешь, о чем я говорю?

— Я понимаю одно, Иван. Ты — первоклассный рассказчик и писатель. И зачем мы вам нужны? Но признайся, что про любовь младшего Железнова с Леночкой Ковригиной ты нафантазировал. Уж очень литературно — хоть выдвигай на Сталинскую премию третьей степени, мир ее праху!

— Режьте меня, стреляйте, Овалов, но я рассказываю все как было. Это — не роман, а мемуары.

— Мемуары лгут, как старые шлюхи!

Пронин улыбнулся:

— Спасибо, дружище. Знаешь, что сказал Сталин, впервые посмотрев кинокартину «Чапаев», которая очень ему понравилась?

— Сталин?

— Он самый. Улыбнулся в усы: «Лгут, как очевидцы!» Вот так. Или товарищ Сталин уже для тебя не указ?

Овалов закусывал армянский коньяк излюбленным лакомством Пронина — лимонными дольками.

— И что же эти Ковригины — мать и дочь? Неужто обе остались живы? Или, как любил говаривать ваш товарищ Сталин, «лес рубят — щепки летят»?

— Эта присказка не подходит для нашего времени. Мы научились работать чище. Научились на своих и чужих ошибках. И на страже государственной безопасности мы стали невидимыми, незаметными санитарами. Вы ведь больше не слышите стука наших сапог в парадных, да и незаконных репрессий больше нет. Умейте же ценить гуманное время, в котором мы нынче живем. Только в этой гуманности залог того, что жертвы были не напрасны... Вы понимаете меня, Овалов? Я не мог пожертвовать фигурой — Леночкой — ради спасения ферзя, профессора Ковригиной. Да, пожалуй, это дело малость развеяло скуку последних лет. Веселенькое оказалось приключение. И финал в вашем стиле — немного феерический, слегка поучительный... Всего в меру. Впрочем, если вам наскучили воспоминания старого чекиста — только подморгните. Отпущу с миром, без обид.

***

Фрэнк Павловски, корреспондент газеты «Ньюс оф Фри Ворд», открыл ключом дверь своего серого «паккарда» и, автоматически оглянувшись по сторонам, сел за руль.

До встречи оставалось полтора часа, этого времени вполне хватало на перестраховку — бесцельную езду по широким московским улицам, с тем чтобы обнаружить возможный «хвост». Фрэнк никогда не пренебрегал этим правилом — полковник Хайдмэн, преподававший в спецшколе предмет с авантюрным названием «Скрытное перемещение», был бы доволен своим учеником.

Павловски, как одного из самых перспективных выпускников, послали «на холод» — в СССР. «Холод» считался самым опасным и самым престижным местом из всех, где работала американская разведка, и Павловски убедился в этом очень быстро. Буквально на его глазах чекисты разоблачили несколько обширных агентурных сетей, которые считались практически неуязвимыми.

Он несколько раз бывал на пресс-конференциях, где сотрудники МГБ демонстрировали западным журналистам так знакомые Фрэнку миниатюрные фотокамеры, контейнеры для переправки кодированных сообщений, микроволновые радиостанции, счетчики Гейгера, закамуфлированные под авторучки, зловещего вида «глоки» — пистолеты с приспособлениями для бесшумной стрельбы... И это наводило на определенные мысли.

Павловски не боялся провала, он даже не допускал такой возможности, тщательно перепроверяя каждый свой ход, взвешивая каждое слово, каждое свое движение на точных «весах» рациональности.

Именно поэтому ему сразу не понравилась «Красная Дама» — операция, разработанная умниками из Лэнгли. Слишком сложным был план, слишком много в нем было доверено случайности. Да, на первых порах все сработало безупречно, а потом... Потом начались сбои.

«Теперь,— думал Фрэнк,— даже если нам удастся удачно переправить Ковригину, моя карьера здесь окончена... После общения с этой симпатичной студенткой я как агент не стою и десяти центов... Сейчас она, наверное, артистично скорбит над трупом той женщины... А может быть, она, заплаканная и измученная, уже «рисует» мой портрет на Лубянке? Жаль, в любом случае ее наверняка ждет Сибирь... А может, и расстрел, здесь это делается просто... Но это — частности, а операцию „Красная Дама" надо завершить».

Раздумывая, Фрэнк не забывал поглядывать в боковые зеркала — угол обзора был очень широким. Ничего подозрительного. Павловски поднял глаза и посмотрел на небо — собирался дождь.

Павловски еще раз бросил внимательный взгляд в зеркала и вывел машину на широкий Ленинградский проспект.

Время встречи приближалось, и Фрэнк, окончательно убедившись в том, что «хвоста» за ним нет, отправился к оговоренному месту. Он вел свой «паккард» к северо-западной окраине столицы, выбирая самые маленькие и темные улочки.

Дождь пошел совершенно неожиданно, тугие струи небесной воды с титанической силой выплеснулись на город.

«Этот дождь — как Божье благословение!» — удовлетворенно подумал Фрэнк и включил дворники. Затем он, не отрывая глаз от дороги, протянул правую руку вбок и щелкнул замком «бардачка». В ладонях Павловски оказался маленький прямоугольный брикетик из глянцевой фольги. Павловски зубами надорвал упаковку и отправил в рот несколько продолговатых голубых пилюль. Фрэнк стал тщательно жевать их, отчего желваки на его лице заходили, подобно шатунам в моторе внутреннего сгорания. Английская надпись на упаковке пилюль гласила: «Вриглей. Америкен чуинг-гам», и действительно, выглядели они как самая настоящая жевательная резинка. Но этот «чуинг-гам» был с секретом — основным компонентом его состава был фенамин, мощное возбуждающее средство. Фрэнк не был любителем подобной «химии», но сейчас ему особенно требовались предельная собранность и способность к мгновенной реакции, а именно эти качества усиливал «волшебный» препарат.

Подъехав к условленному месту, Павловски направил свой «паккард» в темный переулок, застроенный частными домами. Не снижая скорости, Фрэнк точным движением руля направил свою машину в открытые ворота одного из домов. Тяжелые створки старых деревянных ворот неожиданно бесшумно затворились за серым заграничным автомобилем.

Фрэнка уже ждали. Он остановил «паккард» в просторном крытом дворе, почти вплотную к бежевой «Победе», которая уже была там. По железной кровле двора под зловещие завывания мощного южного ветра ритмичной дробью стучали струи дождя.

Павловски быстро вышел из машины, открыл заднюю дверцу с левой стороны и, наклонившись внутрь, нажал скрытую кнопку на полу салона. Внутри машины что-то мелодично щелкнуло, и кожаное сиденье-диван мягко отъехало в сторону, открывая тайник, просторной полости внутри которого вполне бы хватило для перевозки крупного человека.

В этот раз груз для Павловски был небольшим,— из темноты к «паккарду» молча вышли резидент и шофер со шрамом. Они бережно несли на руках одурманенную Ковригину, завернутую в толстое шерстяное одеяло. Молча они поместили Красную Даму в тайник «паккарда», Павловски задвинул на место сиденье дивана, захлопнул дверь и, коротко кивнув резиденту, сел за руль.

Дождь закончился так же неожиданно, как и начался. Фрэнк гнал свой «паккард» по мокрым улицам вечерней Москвы, не забывая посматривать в зеркала заднего вида.

До американского посольства, куда Павловски должен был доставить Ковригину, оставалось проехать четыре квартала. Павловски остановился возле светофора на перекрестке, дожидаясь, пока орудовец в будке включит сигнал, разрешающий движение.

Как только зеленый огонек мигнул, Павловски отпустил педаль тормоза и поддал газу, но много проехать ему не пришлось. Прямо перед носом машины вырос грязно-зеленый бок грузовика, неожиданно выехавшего из-за поворота. Павловски нажал на тормоза и резко развернул руль, но избежать столкновения ему не удалось — «паккард» вскользь задел стальной бампер грузовика, правое крыло машины Фрэнка было безнадежно испорчено.

Павловски выругался, заглушил мотор и вышел из машины. Навстречу ему уже шел, виновато потирая затылок, шофер грузовика — совсем молодой, коротко стриженый белобрысый парень в промасленном комбинезоне.

— Я это... — сказал он Павловски, отводя глаза.— Не заметил... Извини, мужик...

Фрэнк и не знал, что ему ответить, этот русский растяпа поставил под угрозу срыва очень важную операцию. Павловски молча развернулся и собрался уже сесть в салон «паккарда», когда его остановил строгий окрик:

— Гражданин, куда собрались? Стойте!

От светофорной будки к месту аварии подошел орудовец.

Окинув внимательным взглядом повреждения заграничного автомобиля, высокий постовой в опрятном мундире козырнул Фрэнку и представился:

— Старшина Степанов, Московский ОРУД. Ваши документы? — Потом он повернулся к водителю грузовика и сказал тому: — Ты тоже, давай, неси права и путевой лист...

Старшина Степанов внимательно осмотрел паспорт Фрэнка, его аккредитационное удостоверение, временные права.

Павловски внимательно следил за выражением лица Степанова, но, кроме напускной служебной строгости, ничего угрожающего для себя в нем не обнаружил.

— Я не имею претензий,— сказал Павловски Степанову, когда тот закончил просматривать документы и вернул их Фрэнку.— Я тороплюсь на важную встречу и могу опоздать...

Степанов тяжело посмотрел на иностранца и ответил:

— Не положено так! Надо составить протокол о происшествии — таков порядок...

Фрэнк понял, что уговорами ничего не добиться. И он принял решение. Павловски незаметно засунул правую руку в карман брюк и отпустил предохранитель «Вальтера ППК», который он в этот раз рискнул взять с собой.

Резким движением он собрался выхватить пистолет из кармана и одним выстрелом разобраться с надоедливым блюстителем закона.

Вдруг долговязый старшина, стоявший в двух шагах от Фрэнка и, как тому казалось, занятый изучением места происшествия, резко развернулся, присел и молниеносным движением нанес Павловски удар по правой руке.

Резкая боль, мгновенно «отсушившая» руку Фрэнка, заставила того разжать пальцы и выпустить пистолет.

— Спокойно, господин Павловски,— сказал Степанов на чистейшем английском языке, захлестывая на руках обескураженного агента браслеты наручников.— Умейте проигрывать достойно.

Неожиданно улица осветилась светом множества автомобильных фар, и «паккард» окружили подъехавшие автомобили чекистов. Послышались резкие хлопки дверей, и из темноты на свет выдвинулось несколько фигур в длинных плащах и шляпах. «Как это похоже на сцену из гангстерского фильма,— вдруг подумал Павловски.— Но это не кино...»

Чекисты окружили автомобиль Павловски, и вскоре тайник был обнаружен. Послышался тревожный сигнал «скорой помощи».

Пока медики оказывали Ковригиной первую помощь, к Павловски, растерянно стоявшему на тротуаре под охраной бдительного старшины, подошел пожилой высокий бравый чекист. По его поведению Фрэнк безошибочно определил в нем «главного».

Чекист заглянул в лицо Павловски, и тот отвел глаза, не выдержав пристального взгляда советского контрразведчика.

— Господин Павловски, нам очень не нравится, когда граждане США убивают советских людей и похищают наших ученых,— услышал Фрэнк спокойный голос.— И нам очень не нравится, когда граждане США выдают себя за сотрудников МГБ. За все это вам придется ответить...

Операция «Красная Дама» с треском провалилась.

Глава 12

ЗВЕЗДЫ МАЙОРА ПРОНИНА

В Обручево Пронин приехал, когда все уже было кончено.

Генерал-майор выслушал короткий рапорт Никифорова, который доложил, что бежевая «Победа» вернулась на дачу полтора часа назад. Спустя полчаса оперативники, окружившие дом со всех сторон, услышали в доме звуки выстрелов. В результате короткого штурма чекистам удалось взять живыми Полунина и еще одного, с паспортом на имя Балуева Петра Андреевича. Когда чекисты вошли в дом, Балуев был легко ранен и не оказал сопротивления при аресте. Спокойно вел себя и Полунин. Третьего, шофера со шрамом, живым взять не удалось — его прикончил Полунин.

— Я думаю,— сказал Никифоров,— что эти двое приехали убрать Полунина, а он не дался... Ну, в общем, мы вовремя подоспели...

— Хорошо,— кивнул Пронин,— давай посмотрим на этого Полунина. Они поднялись по высоким ступенькам и вошли в дом.

Трофим Ильич с неизменно равнодушным выражением лица сидел за круглым столом в гостиной. Руки его были скованы наручниками, за спиной Полунина стояли двое оперативников, пристально наблюдая за каждым движением опасного врага.

На столе были сложены найденные в доме «орудия труда» западных агентов: авторучки с наркотическими препаратами и ядами, два черных пистолета с тяжелыми цилиндрическими набалдашниками глушителей, патроны к ним.

Не обращая внимания на «выставку» шпионской оснастки, Пронин взял стул и, поставив его прямо напротив Полунина, сел.

Трофим Ильич, хотя и с трудом, выдержал тяжелый взгляд чекиста. Он понял, что Пронин самый старший из всех, именно тот, с кем он хотел поговорить напоследок.

Полунин неожиданно усмехнулся и с силой сжал челюсти. Послышался негромкий хруст. Оперативники среагировали мгновенно, один схватил Полунина за голову, а другой попытался открыть ему рот, но было уже поздно — Трофим Ильич успел проглотить смертоносный состав.

Однако, к удивлению чекистов, ожидавших увидеть быструю агонию врага, ничего не произошло. Оперативники отпустили Полунина, и тот, осклабившись, сказал:

— Этот яд подействует с задержкой на полчаса... Я специально выбрал такой, чтобы успеть поговорить с вами перед смертью...

— Вы не чужды романтических сантиментов, Полунин,— сказал Пронин.— Зачем вам эти разговоры с нами?

— Вам этого не понять... Я не хочу умирать так, как жил, напоследок мне хочется открыто взглянуть в глаза моему врагу, и при этом не дать ему возможности насладиться победой надо мной. Понимаете? Я у вас в руках, но я уже не ваш — вы бессильны что-либо сделать со мной...

— Зачем вы жили, Полунин? — прервал Пронин злорадные излияния Полунина.— Для чего? Всего лишь для того, чтобы взглянуть нам в глаза? И что вы хотите в них увидеть? Поймите, что через несколько минут от вас не останется и следа в этом мире, только могила с номером, где-нибудь на тюремном кладбище — и все, все... Даже счет на ваше имя, который наверняка имеется в каком-нибудь банке на Западе, будет аннулирован вашими хозяевами...

Трофим Ильич побледнел, на лбу у него выступили крупные капли пота — яд начал действовать.

— Вам не понять... — злобно прохрипел он, уставившись в пол.

— Не понять,— согласился с ним Пронин.— Вы лучше скажите, кто была та женщина, которой вы подменили Ковригину?

— Тоня... Антонина Меринова — продавщица из села Костылево,— едва слышно ответил Полунин.—

Теперь это уже все равно... Этот, «бельмастый», которого я подстрелил,— резидент. Он расскажет вам все, стоит только надавить на него. Вам все-таки достался богатый улов...

Полунин на секунду замолчал, а потом, подняв затухающий взгляд на Пронина, умоляюще попросил:

— Дайте закурить...

Чекист достал папиросу и протянул ее умирающему врагу.

— Спичек вот только у меня нет,— сказал он Полунину и поднял взгляд на оперативников. Те пожали плечами — они тоже не курили.

— Там,— прохрипел Полунин,— в плаще, есть зажигалка, дайте...

Пронин кивнул и один из чекистов принес зажигалку. Он бегло осмотрел ее, попытался даже зажечь, но у него ничего не получилось.

— Там барахлит механизм,— сказал Полунин,— без навыка не зажжешь... Дайте, я сам.

Пронин согласно кивнул, и оперативник вложил зажигалку в ладони Полунина.

— Возьмите ее себе, после всего... — сказал Трофим Ильич Пронину и большим пальцем надавил на кресало.

Раздался негромкий хлопок, и Пронин почувствовал сильный удар в грудь, но смог удержать равновесие и не упал.

Оперативники бросились к Полунину, но тот уже умер, так и не успев выкурить последнюю в своей жизни папиросу.

— Товарищ генерал, вы ранены! — услышал Пронин встревоженный возглас Никифорова и посмотрел себе на грудь. Над карманом пиджака он увидел маленькую дырочку, вокруг которой набухало бурое пятно.

— Отставить! — громко приказал Пронин и с негодованием добавил: — Только пиджак испортил, стрелок!

Чекист залез во внутренний карман и достал оттуда небольшую металлическую фляжку в кожаном чехле, на плоском боку которой виднелось маленькое отверстие,— из него тонкой струйкой вытекала темная маслянистая жидкость. Комната наполнилась ароматом дорогого коньяка.

* * *

— Вот и вся история, Лев Сергеевич,— улыбнулся Пронин и артистично развел руки в стороны.— И вот за этот пустячок генерал Иржи Хрмличка назвал меня гением контрразведки... Даже и не верится. Оценили, наконец...

— И Павловски заговорил?

Пронин мечтательно закатил глаза:

— Еще как! Запел, как пономарь... Теперь коллегам из ЦРУ придется менять не только тактику, но и стратегию. Половина пасьянса их лучших кадров — под нашим колпаком. А вы говорите, мы не научились работать... Учимся, товарищ Овалов. Учимся. И иногда делаем успехи. Во имя Родины и Варшавского Договора. Не хотите еще кофе? Слушать мемуары — утомительное дело.

Овалов всплеснул руками:

— Киселев — генерал-полковник, Рукавишников — генерал-полковник. Рушниченко — и того произвели в генерал-лейтенанты... А вы...

— А я просто — майор Пронин. И к этому вряд ли можно что-то добавить. Хотя... В старости получаешь то, о чем мечтал в юности. Только вкус удачи оказывается не так сладок. Ведь все это — запоздалые звуки победного гимна. Иногда я чувствую себя динозавром Гражданской войны. Кожанки, патронташи... Куда все ушло?

— И комиссары в пыльных шлемах склонятся молча надо мной... — нараспев процитировал Овалов.

— Неплохо сказано! Сейчас в ходу новые стихи, новые мелодии. Мне не угнаться. Агаша вот пластинки крутит с легкой музыкой... Спасу нет.

— Утесов?

— Какое там! Утесова она любила в прошлой семилетке. Теперь в ее святцах Муслим Магомаев!

— О, этот далеко пойдет. Мощный голос и море обаяния. «Ты моей мечтою стала, стала ты моей мечтой!»

— Вам нравится? — Пронин опустил очки на нос.— А я не люблю этих новомодных ритмов. Разве это танцы? Шевелят ногами, как будто на лыжах с горы спускаются. И название какое-то сухое — твист. Похоже на поджаренный хлеб — тост. Не люблю хрустящего и сухого. Лучше уж сладкое и проконьяченное танго... — Пронин встал, показывая, что разговор окончен.

— Подожди, подожди, Иван Николаевич,— возмутился Овалов.— Как же это — вся история? А короткий рассказ о дальнейших судьбах главных героев? Без этого никак нельзя, товарищ генерал-майор!

— Да что там рассказывать... Ну, про профессора Ковригину ты и сам уже все знаешь, читал в газете. Фрэнк Павловски и «бельмастый» Балуев получили по заслугам... Мои ребята теперь, все как один, обзавелись металлическими фляжками и носят их всегда в нагрудном кармане пиджака. Не пустыми, конечно... Да в общем-то, все живут, как и раньше, я даже и не знаю, что такого особенного изменила в жизни эта история...

— А Паша и Леночка? Что с ними-то стало?

Вместо ответа Пронин вновь поднялся со стула и подошел к книжному шкафу. Оттуда он достал еще один фотоальбом в бархатной обложке, открыл его и передал писателю.

* * *

Пронин отправил Леночку и Пашу домой, строго-настрого велев Железнову никого не впускать в квартиру до его звонка.

— Всякое может случиться, Паша,— сказал он на прощание.— Мало ли чего от них можно ожидать. А девушку береги, таких в жизни много не бывает... Ну все, давай, партизан!

Леночка уже немного успокоилась после «воспитательной» беседы, которую провел с ней Пронин, и была уверена, что если такой человек взялся спасти ее маму, то он ее спасет...

У нее было много вопросов, но в машине она их Павлу не задала, стесняясь молчаливого старшины за рулем огромного ЗИСа.

«Ничего, потом все расспрошу,— думала она.— Сейчас ведь совсем не это главное...»

Дома им еще долго пришлось объяснять Нюре, которая все еще никак не могла успокоиться после визита Локтева, что Мария Сергеевна жива и, возможно, скоро будет дома. Так ничего до конца и не поняв, Нюра ушла на кухню ставить чайник, траурных занавесей с зеркал, однако, пока снимать не стала.

Паша и Лена сидели в гостиной в глубоких креслах возле выключенной радиолы и напряженно ждали звонка от Пронина. Время тянулось очень медленно, и наконец Леночка решилась спросить:

— Паша, откуда ты знаешь этого Пронина, и почему он называл тебя «партизаном»?

— Это долгая история, Ела,— неохотно ответил Павел.— Как-нибудь потом расскажу...

— Нет. Расскажи сейчас. Я тебя, оказывается, совсем не знаю...

— Но ведь я тебя, получается, тоже не знаю,— ответил парень.

— Теперь знаешь,— не собиралась сдаваться девушка,— твоя очередь...

— Генерал-майор Пронин — друг и учитель моего отца, подполковника госбезопасности Виктора Железнова. Я ничего не рассказывал тебе об отце, потому что рассказывать о нем просто нельзя. Я давал подписку. Он был моим приемным отцом — о судьбе моих родителей ты знаешь... А партизаном меня Пронин называл потому, что во время войны я полтора года был в партизанском отряде в Прибалтике...

— Был? Ты что, воевал? — удивилась девушка.

— Да,— коротко ответил Железнов и замолчал.

— А кем ты там был? У тебя есть награды? — любопытству Леночки, казалось, не было предела.

— Я был разведчиком. Награжден орденом Красной Звезды и медалями...

Пораженная Леночка совсем по-другому посмотрела на своего жениха.

— А почему ты никогда мне об этом не говорил? — едва слышно спросила она.

— Я никому старался не рассказывать,— ответил Паша.— Люди, если узнают, начинают сразу слишком много вопросов задавать, некоторые так вообще не верят. Поэтому я так решил...

— Как же? Ты ведь настоящий герой, Пашка!

— Да ладно тебе,— смутился Железнов.— Какое там... Я просто делал то, что был должен...

В гостиную вошла Нюра и стала расставлять на столе посуду для чаепития. Она твердо решила больше ничему не удивляться.

— У меня тоже к тебе разговор есть, Леночка,— негромко сказал Паша.— Очень серьезный...

Слова Павла почему-то встревожили девушку, сердце ее учащенно забилось.

— Говори,— тихо сказала Леночка.

Павел встал с кресла и, глядя прямо в глаза девушки, сказал:

— Елена Викторовна, я люблю вас и хочу, чтобы вы стали моей женой...

Нюра, услышав слова Железнова, выпустила из рук чашку, которая упала на пол и разлетелась на мелкие кусочки. Набожная домработница уже и не знала, радоваться ей или плакать,— так странно закрутилась жизнь за эти последние несколько дней.

Леночка поднялась с кресла и, обняв Пашу, крепко поцеловала его.

— Я согласна,— ответила она.

В прихожей требовательно зазвонил телефон.

* * *

— Да, красивая пара,— сказал Овалов, разглядывая свадебные фотографии Паши Железнова и Леночки Ковригиной.— И давно они поженились?

— Две недели назад... И я, как понимаешь, выполнял роль свадебного генерала...

— Павел так и остался работать в «Комсомолке»? — спросил Овалов чекиста.

— А почему ты спрашиваешь? — ответил Пронин, хитро прищурившись.

— Так... — немного растерялся писатель.— Просто спросил...

— Ладно, ладно, знаю я тебя, Лев Сергеевич... Не подвело тебя писательское чутье и в этот раз — грамотно вопрос поставил. Нет, Паша не остался в «Комсомольской правде». Месяц назад я подписал приказ о зачислении в штат своего отдела лейтенанта Павла Железнова. Теперь у нас снова есть свой Железнов.... И, знаешь, сын будет достойной сменой отцу, я в этом полностью убежден.

— Слушай, Иван Николаевич, а удалось вам узнать, откуда была утечка информации о работе лаборатории Ковригиной?

Пронин пристально взглянул на Овалова и очень тихо ответил:

— Это, дорогой мой Лев Сергеевич, совсем другая история, и рассказать ее тебе я, к сожалению, не могу...

***

Пронин позвонил Овалову через неделю после той памятной беседы, растянувшейся на два вечера.

— Лев Сергеевич, ты не удивляйся, дорогой,— в голосе Пронина слышались озорные интонации.— Сейчас к тебе офицер связи прибудет. Он тебе конверт вручит. Ты его вскрой, прочитай и выполни все так, как там изложено... Да, и расписаться в получении не забудь, а то я вашего брата писателя знаю...

— А в чем дело, Иван? — Овалова удивил монолог друга.

— Увидишь. Все, не могу больше разговаривать — дела. До встречи.

Офицер связи прибыл через полчаса. Молодой розовощекий лейтенант с непроницаемым лицом, посмотрев документы Льва Сергеевича, протянул ему серый конверт с темно-синим штампом на лицевой стороне. Овалов осторожно разорвал конверт и достал из него небольшую открытку из тонкого мелованного картона. Текст на ней, отпечатанный строгим угловатым шрифтом, гласил: «Приглашение. Товарищ Лев Сергеевич Овалов приглашается на торжественный банкет, который состоится в столовой Главного управления Министерства государственной безопасности». Послание заканчивалось проставленными от руки временем и датой мероприятия.

Овалов поднял глаза на лейтенанта:
— Скажите, а вы не знаете, что это за банкет?
— Нет,— строго ответил тот и протянул писателю большую тетрадь в клеенчатой обложке: — Распишитесь здесь.

Но отвязаться от Овалова было не так-то просто.
— Молодой человек,— эмоционально произнес он,— неужели вы не понимаете, что ощущает немолодой уже гражданский человек, когда его вызывают в вашу организацию, даже если это вызов на банкет!

Слова писателя, кажется, «пробрали» лейтенанта, черты его лица стали немного мягче, и он, наклонившись поближе к писателю, почти шепотом сказал:

— Вчера товарищу Пронину присвоили звание генерал-лейтенанта!

Посчитав, что и так сказал слишком много, лейтенант снова напустил на свое лицо каменное выражение и вновь протянул Овалову журнал для росписи:

— Распишитесь, товарищ Овалов!

Пронин в то утро проснулся раньше обычного. Возможно, он вообще не засыпал... Выглянув в окно, он увидел рассвет над Кремлем — и почему-то сразу решил, что сегодня развлечется на славу. Иван Николаевич впервые надел новый костюм — отменной тонкой светлой шерсти, издали казавшийся белоснежным. Такую шерсть выпускала опытная подмосковная фабрика — в мизерных количествах, для нужд экспорта. Для товарища Пронина директор фабрики лично сохранил щедрый отрез. Портные из кремлевского ателье сработали на славу — и старик Пронин в новом костюме выглядел почти женихом.

Лил дождь. Пронин меланхолически глядел на грязные мостовые из окон ЗИМа. На улице Жданова какой-то гаишник, не разобравшись в номерах, попросил их остановиться. Он вызвал шофера, долго ему что-то втолковывал, хлюпая массивным загорелым носом. Ивану Николаевичу осточертело ожидание. Да и настроение было шалое, хотелось поозорничать, дав волю своей театральной жилке... Пронин вышел из машины под дождь — и встал на колени, прямо в лужу. На коленях он приближался к орудовцу, размахивая руками:

— Прости, батюшка, и пощади!

Несколько машин остановилось. Все наблюдали чудную картину: разодетый джентльмен с орденом Ленина на лацкане белого костюма стоит на коленях, в грязи, перед простым сержантом... Зеваки смеялись, задавали друг другу вопросы: «Кто это? Кто он?» И тогда шофер, капитан Могулов, сказал:

— Товарищи, я везу генерал-майора КГБ. Сегодня за успешное проведение контрразведывательной операции Ивану Николаевичу присвоено очередное звание генерал-лейтенанта.

«Ишь, шельмец, а от меня до последнего скрывал!» — подумал Пронин. А улица аплодировала ему — под дождем, до синяков сбивая ладони. И пристыженный орудовец аплодировал, хлюпая носом. Пронин встал, элегантно поклонился. И, словно не замечая грязи на брюках и пиджаке, невозмутимо направился к автомобилю. В собственном кабинете Иван Николаевич с чувством исполненного переоделся в темный костюм: развлечения начались.

Приглашенных на торжественный банкет было много. В просторном зале столовой управления госбезопасности, по-праздничному убранного в честь такого случая, было шумно. Все торжественные речи и поздравления были уже произнесены ранее, в узком кругу коллег «именинника», теперь же настало время неофициальных чествований.

Пронин, не любивший подобных мероприятий, тем не менее стойко выносил все «трудности и лишения», неизбежные в таком случае. Наконец гости были приглашены к столу, и Иван Николаевич облегченно вздохнул — толпа вокруг новоиспеченного генерал-лейтенанта стала быстро редеть.

Иван Николаевич нашел глазами Овалова, подошел к нему и, подхватив его под руку, повел в глубь зала, где для Пронина был накрыт отдельный столик.

— Поздравляю, Иван Николаевич, от всей души,— горячо сказал Овалов, когда они уселись за стол.— Новое звание — это высокая оценка твоей непростой работы!

— Хватит, Лев,— остановил друга Иван Николаевич.— Я уже вот так сыт этими поздравлениями...

Пронин выразительно провел ребром ладони по шее.

— Ты сам знаешь — не люблю я этой помпезности, не лежит у меня к ней душа...

— Ну, один вечер-то потерпеть можно, а, Иван?

— Да ну тебя! Ты вот лучше выпей за мое здоровье да закуси — такое чествование для меня лучше всяких панегириков.

— Слушай, Иван Николаевич,— неожиданно осенило писателя,— а ты ведь теперь и министром можешь стать!

— Не стану,— весело улыбнувшись, ответил Пронин и серьезным шепотом добавил: — Языков слишком много знаю...

Овалов оценил шутку, но улыбнулся очень сдержанно.

Застолье продолжалось.

Неожиданно для всех, в тот момент, когда застолье уже стало постепенно распадаться на мелкие компании, прозвучали звуки бравурного туша, и темно-красные бархатные портьеры на одной из стен столовой раздвинулись в стороны. За ними оказалась просторная сцена, а на ней — полный джазовый оркестр. Гости застыли в недоумении. На сцене показался конферансье — напомаженный юркий мужчина с довольным лицом. Он выбежал к ребристому микрофону и бодро произнес в него:

— Джаз-оркестр Леонида Утесова!

Столовая управления госбезопасности разразилась овациями.

Пронин тоже был изумлен — такого сюрприза он не ожидал.

На сцене появился сам невысокий, слегка полноватый «мэтр» в шикарном кремовом костюме при узком галстуке, таком же неизменном, как грустная улыбка на его смуглом лице. Он заметно постарел за последние годы, получив, по собственному шутливому признанию, первое в жизни высшее образование — в институте Склифософского.

— Товарищи,— негромко сказал в микрофон Утесов,— буквально два часа назад мы собирались выезжать на гастроли. И тут мне ПОЗВОНИЛИ.

Это «позвонили» прозвучало так, что все сразу поняли, ОТКУДА позвонили Утесову. Среди публики послышался смех. Весело переглянулись старейшие сотрудники Ивана Николаевича — Лифшиц и Кирий, работавшие еще с легендарным майором Прониным до войны.

— Что мне СКАЗАЛИ ТЕ, КТО ПОЗВОНИЛ ОТТУДА, вы, наверное, понимаете, товарищи?

Смех в зале уже не умолкал. Чекисты веселились от души.

И тут неожиданно для всех Утесов резко прервал «кривлянья» и очень искренне, проникновенно и торжественно произнес:

— Мне сообщили, что вчера Указом Президиума Верховного Совета СССР генерал-майору госбезопасности Ивану Николаевичу Пронину присвоено очередное воинское звание генерал-лейтенант... Я очень многим обязан этому человеку — настоящему борцу, истинному большевику-чекисту. Иван Николаевич, дорогой, сегодня мы играем для вас! Как говорится, от эпохи Мендельсона до эпохи саксофона!

Утесов под непрерывный гул аплодисментов низко поклонился залу, а потом, повернувшись к своим «лабайцам», взмахнул рукой. После небольшого энергичного проигрыша Утесов вернулся к микрофону и запел:

> Дан приказ ему на Запад,
> Ей в другую сторону.
> Уходили комсомольцы
> На гражданскую войну...

Когда оркестр ушел на перерыв, на сцене вновь появился конферансье:

— Наш концерт продолжается! К поздравлениям джаз-оркестра Леонида Утесова присоединяются представители нашего поэтического цеха! Встречайте — Екатерина Миллер!

После того как было произнесено это имя, чекистские дамы стали тихо перешептываться, а мужская половина разразилась аплодисментами. Когда же Екатерина Миллер показалась на сцене, туда смотрели все присутствующие, даже официанты.

В этот раз поэтесса удивила всех скромностью наряда, впрочем, как всегда элегантным. Она подошла к микрофону и мечтательно сказала бархатным грудным голосом:

— Добрый вечер! Я познакомилась с Иваном Николаевичем совсем недавно, но этого времени было вполне достаточно для того, чтобы понять, какой замечательный это человек. Примите мои поздравления, товарищ генерал-лейтенант. Я прочитаю вам фрагмент из моей новой поэмы «Чистое небо».

Пронин заметил недоуменно-вопрошающий взгляд Овалова. Он слегка наклонился к другу и, пряча улыбку, почти шепотом сказал ему:

— У Ковригиных познакомился... Все, больше никаких вопросов, давай стихи послушаем.

А на сцене, слегка закатив глаза и чуть подавшись вперед, поэтесса начала декламировать, завораживая притихшую публику своим проникновенным, бархатным голосом:

...По темным тропам, что темнее тьмы,
Враг крался, задыхаясь черной злобой.
Он шел сломать покой моей страны,
Он шел вредить нам под ночным покровом...

Выступление поэтессы Пронин оценил коротко:
— Да уж, получше, чем какие-то «Подснежники», идейное творчество, правильное...

У Овалова было свое мнение на этот счет, но он предпочел промолчать.

И снова на сцене показался конферансье.

— ...И нашу праздничную концертную программу продолжает наш гость из Азербайджанской ССР Муслим Магомаев!

Сначала на сцене появился аккомпаниатор, который деловито занял свое место за роялем и быстро разложил ноты. Следом за ним появился высокий, по-восточному аристократичный молодой человек, которого, казалось, немного стесняла столь важная публика. Черные волосы упали на бледный лоб. Чекисты поддержали артиста дружными овациями — имя молодого певца уже гремело по всей стране.

— «Солэ мие»,— негромко произнес певец.— Неаполитанская песня, композитор Ди Капуа.

И он запел, буквально проникая в душу своим замечательным голосом. Действительно, коллеги Пронина постарались устроить генерал-лейтенанту праздник воистину «кремлевских» масштабов.

А Пронин через официанта подозвал к своему столику распорядителя концерта и что-то тихо шепнул тому на ухо.

Тот недоуменно пожал плечами потом кивнул и ушел за кулисы.

После того как Магомаев пропел первую песню, из-за кулис появился конферансье, который подошел к певцу и что-то негромко сказал ему. Слова конферансье сначала удивили Магомаева, но потом он слегка пожал плечами, улыбнулся и, вернувшись к микрофону, объявил:

— Следующая песня называется «Лучший город Земли».

И в столовой центрального управления госбезопасности зазвучали звуки разухабистого твиста, гулко разносясь в самые дальние уголки огромного здания.

> Ты никогда не бывал
> В нашем городе светлом,
> Над вечерней рекой
> Не мечтал до зари,
> С друзьями ты не бродил
> По широким проспектам,
> Значит, ты не видал
> Лучший город Земли!
>
> Песня плывет!
> Сердце поет!
> Эти слова —
> О тебе, Москва!

Пронин победно посмотрел на Агашу — она сидела за дальним столиком, зачарованно глядя на эстраду. Правда, Пронину эта песня не нравилась. Зато он любил слушать «Бухенвальдский набат» в исполнении этого молодого певца. Набат напоминал ему о Викторе, о старшем Железнове, который и после смерти продолжал помогать Пронину в работе.

...С неба Москвой любовались яркие июльские звезды, а засыпающая столица любовалась ими...

ЭПИЛОГ

По дороге с банкета Пронину неожиданно очень сильно захотелось курить. Он достал папиросу и вставил ее в зубы, думая, что ощущение картонного мундштука во рту, как всегда, отобьет охоту к табаку, но острое желание не отпускало.

Спичек в машине генерал-лейтенанта, конечно, не было — он всегда подбирал себе некурящих водителей. Оставалось одно: остановиться посреди улицы и попросить огня у первого встречного. Но и улицы, как назло, были пусты.

Пронин оглянулся по сторонам и заметил автобус, спешно колесящий по пустой дороге позади ЗИСа.

— Останови-ка,— велел Пронин водителю и, когда ЗИС, мягко шурша шинами, замер на обочине, вышел из машины и остановился рядом, призывно подняв руку.

В том, что белый «пазик» с синей полосой на пухлом боку остановится, у Пронина не было никаких сомнений — фигура чекиста, облаченная в дорогой костюм из «Жатки» с орденом Ленина на лацкане пиджака, выглядела очень внушительно.

Автобус снизил скорость и плавно остановился прямо напротив Ивана Николаевича. Все сиденья в салоне были заняты молодыми офицерами-летчиками, с непогнутыми еще картонками новых погон на легких светло-зеленых рубашках.

Дверь-гармошка отползла в сторону, и из автобуса вышел невысокий, крепкий мужчина в штатском, который, улыбаясь, подошел к Пронину и сказал:

— Добрый вечер, товарищ генерал-лейтенант! Разреши поздравить тебя, Иван Николаевич!

Пронин узнал своего коллегу, полковника МГБ Рощина — сотрудника специального отдела.

— Здравствуй, Максим Максимович! Ты почему у меня не был сегодня на банкете?

— Работа, Иван Николаевич, работа,— ответил Рощин, показывая рукой на автобус.

— А куда это ты «летунов» повез? — заинтересовался Пронин.— Кто такие?

— Курсанты особого подразделения,— тихо ответил Рощин.

— Что-то звезд у них многовато для курсантов,— удивился Пронин.— Поясни...

Рощин слегка наклонился к Пронину и едва слышно сказал:

— Особое подразделение — это отряд космонавтов.

Когда до Пронина дошло значение этого незнакомого слова, генерал поднял глаза и внимательно посмотрел на парней, сидящих в автобусе. Оставшись без старшего, они о чем-то весело болтали, вели себя как самые настоящие мальчишки.

«А ведь среди них наверняка есть тот, кто будет там первым,— думал Пронин.— Разве могли мы представить когда-то, что появятся когда-нибудь такие мальчишки, такие мужчины, которые будут способны преодолеть силу земного тяготения и отправиться навстречу звездам... Нет, не зря, не зря все было...

Интересно, кто из них будет первым? — Пронин решил проверить свою интуицию и старался запомнить лица этих славных парней.— Может, вот этот чернявый старлей с лицом театрального красавца и взглядом интеллигента или этот — круглолицый курносый парень с заразительной улыбкой... Кто знает, чего сейчас гадать...»

Думая о своем, Пронин совсем забыл о Рощине.

— Извините, товарищ генерал-лейтенант, нам пора ехать — график,— сухо сказал он Пронину.

— Это ты меня извини, друже, но сам понимаешь — где я такое еще когда-нибудь увижу!

Рощин понимающе улыбнулся.

— Так мы поедем, Иван Николаевич?

— Да, да... только подожди — есть у тебя спички, ну, или зажигалка?

— Нет, Иван Николаевич,— отучился с ними. У нас с этим строго. Закурил — вон из отряда!

— А и правильно! — сказал Пронин, отбрасывая измятую папиросу.— Нечего эту дрянь в небеса тащить! А пацанов своих, Максим Максимович, ты береги, это — лучшие из лучших!

— Я знаю! — коротко ответил Рощин и запрыгнул на подножку автобуса.

— Максим Максимович, разрешите обратиться?

— Обращайтесь,— ответил Рощин и, привстав с «кондукторского» кресла, окинул салон автобуса внимательным взглядом.

— У нас тут с ребятами спор возник, с кем вы сейчас разговаривали? Это актер Черкасов или писатель Федин?

Рощин чему-то улыбнулся одними уголками губ и строго ответил:

— Довожу до вашего, товарищ Гагарин, и прочих товарищей офицеров сведения, что знать о том, с кем я сейчас разговаривал, вам совсем необязательно и даже противопоказано... Еще будут вопросы?

Вопросов больше не было.

Оглавление

Часть первая

Глава 1. Фляга обер-шарфюрера Гашке 3
Глава 2. Тайная жизнь Леночки Ковригиной 26
Глава 3. Принцип калейдоскопа 45
Глава 4. «Z-компонент» 65
Глава 5. Затишье перед бурей 88
Глава 6. Тайна лаборатории «Семь-бис» 109

Часть вторая

Глава 7. Длительная командировка 129
Глава 8. «Весна» номер два 153
Глава 9. Крайняя мера 177
Глава 10. Vita post mortem 198
Глава 11. Операция «Красная Дама» 219
Глава 12. Звезды майора Пронина 243

Эпилог 264

Литературно-художественное издание

Евгений Малевский

ТВИСТ ДЛЯ МАЙОРА ПРОНИНА
По мотивам произведений Л. С. Овалова

Ответственный редактор *Е. А. Серебрякова*
Художественный редактор *Д. А. Райкин*
Технический редактор *Т. А. Чернова*
Верстка *О. К. Савельевой, И. В. Довбенко*
Корректор *В. Н. Леснова*

ООО «Издательство АСТ»
667000, Республика Тыва, г. Кызыл, ул. Кочетова, д. 93
Наши электронные адреса: WWW.AST.RU
E-mail: astpub@aha.ru

ООО «Издательство Астрель-СПб»
197373, Санкт-Петербург, Комендантский пр., 34,
корп. 1, ЛИТЕР А
E-mail: mail@astrel.spb.ru

При участии ООО «Харвест».
Лицензия № 02330/0056935 от 30.04.04.
РБ, 220013, Минск, ул. Кульман,
д. 1, корп. 3, эт. 4, к. 42.

Открытое акционерное общество
«Полиграфкомбинат им. Я. Коласа».
220600, Минск, ул. Красная, 23.

Издательство «Астрель-СПб» представляет в серии «Приключения майора Пронина»

В основе сюжета книги – известная повесть «Голубой ангел» советского писателя Льва Овалова. Именно это произведение можно считать апофеозом «карьеры» майора Пронина – первого знаменитого героя-сыщика отечественной шпионской литературы.

В предлагаемом читателю романе элегантная шпионская интрига закручивается под чарующие звуки «Голубого ангела», модной в то время песенки, исполняемой Марлен Дитрих. И именно патефонная пластинка с этой записью является ключом к неожиданной развязке.

Писатель Лев Овалов завещал Евгению Малевскому архив майора Пронина, в котором хранится немало историй, неизвестных читателям. Этот роман рассказывает о первом послевоенном подвиге майора Пронина. На этот раз легендарный контрразведчик предотвращает теракт в летнем театре Пятигорска, спасает жизнь группе видных европейских дипломатов и королю советского джаза Леониду Утёсову...

Нелегко противостоять разветвлённой террористической организации, но майор Пронин принимает вызов. Его противники – недобитые эсэсовцы и представители спецслужб стран зарождающегося НАТО. Вы убедитесь, что за годы войны оперативный гений майора Пронина не зачах, а силы не оставили «первого чекиста страны» даже после гибели ближайшего соратника – капитана Железнова.

Русский Пинкертон — майор Пронин был придуман писателем Львом Оваловым в конце 30-х годов ушедшего столетия.

Создание образа нового народного героя дорого обошлось писателю — несколько лет ГУЛАГа за разглашение методов оперативной работы советских спецслужб.

Евгений Малевский возрождает майора Пронина для новых приключений. В «Оправданиях» лучшему чекисту страны самому приходится оказаться в роли подозреваемого...

...После XX съезда и разоблачения культа личности Сталина в органах проводятся мероприятия по выявлению неблагонадежных сотрудников. Пронину готовы предъявить официальные обвинения «в нарушении социалистической законности» по делу 1928 года о диверсантах на уральских рудниках. Свою защитную речь-воспоминание постаревший, но не потерявший «чекистское чутьё» майор произносит во время неофициального обеда по случаю своего новоселья, участники которого — друзья и обвинители майора.

Сентябрь 1940 года. Германия уже вторглась в Польшу, но мир еще не знает, что Вторая мировая война уже началась. Советское государство, едва окрепнувшее после революционной разрухи и Гражданской войны, строит новую жизнь. Порой, правда, на фундаменте человеческих жизней.

В гнетущей обстановке всепоглощающего страха и повальной истеричной шпиономании продолжает честно выполнять свою работу майор ГПУ Иван Николаевич Пронин. Вместе со своим незаменимым помощником, Виктором Железновым, легендарный контрразведчик расследует дело о пропаже документа государственной важности, снова встречается со своим давним неуловимым врагом — английским шпионом Роджерсом, за несколько дней разоблачает предателя Родины и... не танцует аргентинское танго.